キミと僕の最後の戦場、あるいは世界が始まる聖戦 11
the War ends the world / raises the world
「先に言っておくよ。
これから映しだされる物語は、
決別だ」
天帝ユンメルンゲン
Emperor Yunmelngen
帝国の象徴にして最高権力者。百年前に
起きた悲劇の真相を知るべく、シスベルを
帝都へと招いた

アリスローズ・ソフィ・ネビュリス
Alicerose Sophi Nebulis
大人しく争いを嫌う性格。エヴの双子の妹にあたり、大人びた体つきと雰囲気によって周囲の異性を惹き付けている
「なにやってんだこいつら」
「余の遊び相手になってくれよ」
エヴ・ソフィ・ネビュリス
Eve Sophi Nebulis
明るく天真爛漫。アリスローズの双子の姉にあたり、妹に比べて少し子供っぽい所のある活発な少女
ユンメルンゲン
Yunmelngen
何もかも手に入る境遇ゆえに、知識欲が非常に高い。"新しいエネルギー"が病弱体質を改善してくれないかと期待している

クロスウェル・ゲート・ネビュリス
Crosswell Gate Nebulis
鉱夫として帝都に出稼ぎにやってきた少年。遠い親戚にあたるネビュリス姉妹と居候することになる

「――もう一刻の猶予もないの」
『……わたくしの星霊で、この地の百年前とやらを映しだせば良いのでしょう』
アリスリーゼ・ルゥ・ネビュリス9世
Aliceliese Lou Nebulis IX
ネビュリス皇庁第2王女。燐不在の中、覚醒した始祖ネビュリスを止めるために急いで帝都へと向かう
シスベル・ルゥ・ネビュリス9世
Sisbell Lou Nebulis IX
ネビュリス皇庁第3王女。天帝ユンメルンゲンに帝都へと招かれ、灯の星霊によって百年前の帝都を再現することになる

キミと僕の最後の戦場、あるいは世界が始まる聖戦11

細音 啓

ファンタジア文庫

3083

口絵・本文イラスト　猫鍋蒼

キミと僕の最後の戦場、あるいは世界が始まる聖戦 11

the War ends the world / raises the world

So Se lu, E nes siole Phi yumie.
真に優しき子。

hiz mis feo tis-kamyu Ec mihas, hiz kuo feo tis-emne Ec Ema,
あなたの痛みを覚えている者が、あなたの意思を受け継ぐ者が

rein hiz ole Ec et rein I rein.
あなたの夢見た夢見る世界を、夢に見る。

機械仕掛けの理想郷

「天帝国」

イスカ

Iska

帝国軍人類防衛機構、機構Ⅲ師第907部隊所属。かつて最年少で帝国の最高戦力「使徒聖」まで上り詰めたが、魔女を脱獄させた罪で資格を剥奪された。星霊術を遮断する黒鋼の星剣と、最後に斬った星霊術を一度だけ再現する白鋼の星剣を持つ。平和を求めて戦う、まっすぐな少年剣士。

ミスミス・クラス

Mismis Klass

第907部隊の隊長。非常に童顔で子どもにしか見えないがれっきとした成人女性。ドジだが責任感は強く、部下たちからの信頼は厚い。星脈噴出泉に落とされたせいで魔女化してしまっている。

ジン・シュラルガン

Jhin Syulargun

第907部隊のスナイパー。恐るべき狙撃の腕を誇る。イスカとは同じ師のもとで修行していたことがあり、腐れ縁。性格はクールな皮肉屋だが、仲間想いの熱いところもある。

音々・アルカストーネ

Nene Alkastone

第907部隊のメカニック担当。兵器開発の天才で、超高度から徹甲弾を放つ衛星兵器を使いこなす。素顔は、イスカのことを兄のように慕う、天真爛漫で愛らしい少女。

璃洒・イン・エンパイア

Risya In Empire

使徒聖第5席。通称「万能の天才」。黒縁眼鏡にスーツの美女。ミスミスとは同期で彼女のことを気に入っている。

魔女たちの楽園

「ネビュリス皇庁」

アリスリーゼ・ルゥ・ネビュリス９世

Aliceliese Lou Nebulis IX

ネビュリス皇庁第２王女で、次期女王の最有力候補。氷を操る最強の星霊使いであり、帝国からは「氷禍の魔女」と恐れられている。皇庁内部の陰謀劇を嫌い、戦場で出会った敵国の剣士であるイスカとの、正々堂々とした戦いに胸をときめかせる。

燐・ヴィスポーズ

Rin Vispose

アリスの従者。土の星霊の使い手。メイド服の下に暗器を隠し持っており、暗殺者としての技能も高い。表情が乏しく何を考えているか分かりづらいが、胸の大きさにはコンプレックスがある。

シスベル・ルゥ・ネビュリス９世

Sisbell Lou Nebulis IX

ネビュリス皇庁第３王女で、アリスリーゼの妹。過去に起こった事象を映像と音声で再生する「灯」の星霊を宿す。かつて帝国に囚われていたところを、イスカに助けられたことがある。

仮面卿オン

On

ルゥ家と次期女王の座を巡って争うゾア家の一員。真意の読めない陰謀家。

キッシング・ゾア・ネビュリス

Kissing Zoa Nebulis

ゾア家の秘蔵っ子と呼ばれる強力な星霊使い。「棘」の星霊を宿す。

サリンジャー

Salinger

女王暗殺未遂の咎で囚われていた、最強の魔人。現在は脱獄している。

イリーティア・ルゥ・ネビュリス９世

Elletear Lou Nebulis IX

ネビュリス皇庁第１王女。外遊に力を入れており、王宮をあけていることが多い。

the War ends the world / raises the world

CONTENTS

Secret『イスカはまだ知らない』

「待って！　待って師匠ってば！」

白い息を吐きながら——

黒髪の少年イスカは、先を進んでいく男の背中を追いかけていた。

夕暮れに染まった大陸鉄道の主要駅《ターミナル》。

旅行客の行き交う通路で、イスカがどれだけ早足で追いかけても距離が縮まらないのは、両者の歩幅の違いにある。

まだ十一歳という幼い少年《イスカ》に対して、師匠と呼ばれた男の上背は百九十近い。

「もう、すぐそうやって僕を置いていくんだから！」

「…………」

ピタリと足を止めて、男が振り向いた。

「置いていくだと？　誰が？　誰を？」

「師匠が！　僕をです！」

「………」

「もしやそれも気づいてなかったんですか？」

「考え事をしていた」

はぁ……。

まるで悪びれた様子のない師匠の返事に、イスカはがっくりと肩を落とした。

この男《ひと》はいつもそうだ。

風来坊で、暢気《のんき》で、いつもどこか上の空で、何か口にしたと思えば常に気怠《けだる》げで――

そして帝国最強の剣士でもある。


クロスウェル・ネス・リビュゲート。

一切の贅肉《ぜいにく》を落とした長身黒髪に、ロングコートを羽織った佇《たたず》まい。

かつて使徒聖筆頭であった時の異名は「黒鋼《くろがね》の剣奴《けんど》」だったらしいが、本人は当時のことを滅多に語ろうとしない。

本人曰《いわ》く、語りたくないのではなく、語るのが面倒くさいだけらしいが。

『間もなく、ヴィエル共和国行き特別急行列車が発車いたします。チケットをお持ちの方は乗車してお待ちください』

「そういえば師匠？」

案内《アナウンス》を聞きながら、イスカはふと師匠を見上げた。

「僕たち、なんで列車に乗るんです？」

そもそもこれが旅行なのか遠征なのかも知らない。

つい一昨日、突然に「出かけるぞ」と言われて準備してきたはいいが、いつものように師匠は目的をなかなか教えてくれない。

「僕ら、帝国の外に出て何をするんです？」

「帝国の外を知るためだ」

「帝国の外を知ると何になるんです？」

「…………」

帝国最強の剣士が、主要駅《ターミナル》の天井を見上げた。

「お前は、まだ魔女というものを知らないからな」

「……少しは知ってます」

帝国人で、「魔女」を知らない者はいないだろう。

星霊という未解析のエネルギーを宿した「人間でなくなった者たち」。魔女というのは、星霊の力をふるう恐怖の存在だ。

――凶暴で攻撃的で、帝国を憎む者たち。

そんな印象《イメージ》。

なぜ印象《イメージ》かというと、イスカ自身、魔女と言葉を交わしたりしたことがないからだ。すべて帝国で語り継がれてきた情報である。

「魔女の印象《イメージ》が間違ってるとは言わない。だが、それがすべてではない」

主要駅《ターミナル》を行き交う人々を見まわす、師匠。

「帝国で語られる魔女の逸話は、大魔女ネビュリスのような極一部の例外が引き起こしたものだ。魔女の九割は普通の人間と大差ない。イスカ、この主要駅《ターミナル》を歩いている人間を見てどう思う？」

「……普通の人に見えます」

列車に乗るビジネスマンや、家族連れの旅行者たち。

イスカの目には「普通の人間」にしか見えないが。

「統計的には、魔女や魔人もこの中に交じっているはず。だが帝国人と何一つ変わらないだろう。野蛮そうに見えるか？」

「いいえ」

「とどのつまりこれも真実だ。帝国で語られる逸話も、お前がいま目にしている光景も。その両方をよく覚えておけ」

「…………わかりました」

嘘《うそ》だ。

本当はよくわかっていない。なぜなら「魔女は怖いもの」だから。

もちろん師匠の教えも理解しようと努力しているが、帝国で生まれたイスカとしては、正直まだその印象《イメージ》を拭いきれないのが本心だ。

「いずれわかる。この遠出もそのためのものだ」

「……はい」

師の真意を——

イスカが「目で見て」理解するのは、それから数年先の未来になる。

Prologue 『アリスの望むもの』

〝始祖〟

〝あなたは帝国を焼きつくす気ね〟

何もかもが遅すぎた。

目眩《めまい》がするほどに激しく息を切らして、アリスは、ネビュリス王宮の一階ホールを突っ切って中庭に飛びだした。

「シュヴァルツ！」

「アリス様、こちらです」

王族専用車《キャデラック・ワン》と呼ばれる特注の大型四輪車。

ドアを開けてアリスを迎えたのはスーツ姿の老従者シュヴァルツだ。長年ルゥ家に仕え、妹シスベルの従者として尽くしてきた。

そんな彼の主人が、今だけはアリスである。

──いまアリスには従者《リン》がいない。

──いまシュヴァルツには主《シスベル》がいない。

燐《リン》とシスベルの居場所は帝都ユンメルンゲン。

自分《アリス》はそんな二人の救出に向かうため、今から皇庁を飛び立つのだ。

ただし──

帝国兵から救出するのではない。

始祖ネビュリスが帝国を焼きつくす前に、始祖から二人を守るためだ。

「女王様《おかあさま》には話を通してあるわ。急いで！」

「ただちに」

アリスを乗せた王族専用車《キャデラック・ワン》が中庭を猛スピードで走りだす。

「ザール国際空港へ向かいます。専用機でひとまず帝国に近い国まで飛び、そこから先は鉄道を利用して帝国の国境へ」

「ええお願い。どんな手段を使ってもいいから最速でよ」

「そのつもりです……が……」

運転席からシュヴァルツの声。

低く押し殺した彼の声には、深い憂慮と懸念《けねん》が滲《にじ》んでいた。

「……始祖様が目覚めたと」

「数時間前にね。わたしの目の前で消え去ったわ」

座席に深く腰掛けて、太ももに乗せた拳に力を込める。

「あの大魔女は帝国を焼き滅ぼす気よ。そこにいる者を無差別に。たとえわたしたちの同志であっても容赦しないわ」

〝……帝国を滅ぼすおつもりですね〟

〝それ以外の何がある？〟

帝都に赴き、そこを一片残らず焼きつくす。

……冗談じゃないわ。

……帝都には燐とシスベルが捕まっていて、それにイスカもいるのよ！

さらには皇庁の部下もだ。

帝国内で情報収集しているスパイも大勢いる。そんな彼らごと、始祖は一切の慈悲なく焼きつくそうとするだろう。

「シュヴァルツ、『様』は要らないわ。あの大魔女はわたしたちが慕うべき存在じゃない。

ただただ破滅を望むだけの災厄を」

「……まさかとは思いましたが」

シュヴァルツの返事が重苦しいのも無理はない。

始祖ネビュリスは皇庁の祖にしてすべての星霊使いを導く希望。アリスとてそう信じて疑わなかったし、女王もそうだっただろう。

だが違ったのだ。

あの魔女は、帝国さえ滅ぼせるなら同志の犠牲さえも躊躇《ためら》わない。

「始祖が帝都を襲ったら燐もシスベルも犠牲になるわ。それだけじゃない。帝国の被害も壊滅的だけど、そんなことになれば帝国との全面戦争の勃発よ」

帝国とネビュリス皇庁。

世界二大国の小競《こ ぜ》り合いは世界各地で行われていたが、窮極的な総力戦だけはギリギリのところで避けられていた歴史がある。

全面戦争となれば、周辺諸国を巻きこんでの大戦となるだろう。

——世界の破滅。

それだけは避けねばならない。

「心してシュヴァルツ。わたしたちの今後の行動で世界が大きく変わるわ。始祖を止められなかったら何もかもがお終《しま》いよ」

「……肝に銘じます」

「女王様《おかあさま》の話だと、王宮の空に浮かんでいた始祖がいきなり消えたらしいの。時空系の星霊術で帝国に向かったのよ」

それを追いかけるのが自分たち。

……向こうは空間転移。飛行機なんかより断然早い。

……わたしはどんなに急いでも、帝国の国境に着くのがほぼ丸一日後。

皮肉な話ではあるが。

その間、帝国軍が始祖を止めてくれることを祈るしかない。

さらに厄介なことに、始祖を止めることにだけ専念すればいいわけでもないというのが、アリスの苛立《いらだ》ちの一因だ。

「太陽《ヒュドラ》には動きがないようです」

バックミラー越しに、シュヴァルツがこちらの目を覗《のぞ》きこんでくる。

「女王様が目を光らせていらっしゃいます。シスベル様を誘拐した黒幕ですから、常にルゥ家の精鋭が見張っています。奴《やつ》らは太陽の塔から一人とて出ておりません。当主タリスマン、そして王女ミゼルヒビィも」

「……眼中にないってことかしら」

ヒュドラ家の狙いは女王聖別儀礼《コンクラーヴェ》での勝利。

次代女王に選ばれることが最重要であって、始祖と帝国軍がどれだけ戦火をまき散らそうとも「知ったことではない」立場なのだろう。

むしろ始祖と帝国軍の潰し合いを望んでいる節もある。

「太陽《ヒュドラ》の警戒は引き続き女王様《おかあさま》に任せるわ。面倒なのは月《ゾア》よ」

そう。

いま厄介なのは仮面卿《きょう》、そしてキッシング擁するゾア家だ。

……帝国滅亡はゾア家の大望だもの。

始祖が目覚めたなんて、ゾア家にしたら千載一遇の好機でしかないわ。

そして先を越された。

「女王様《おかあさま》がさっき教えてくれたわ。月の塔にいたはずの仮面卿とキッシングが、会議の時間になっても姿が見えないって」

始祖の後を追って城を出たのだ。

始祖の復讐《ふくしゅう》心に乗じて帝国に殴りこみ、帝国軍に囚《とら》われたゾア家当主グロウリィを救出する———という名目の全面戦争を引き起こすために。

〝帝国との全面戦争をお望みですか〟

〝もちろん。それこそが百年続く星霊使いの悲願だからね〟

帝国への到着順序――

もっとも早いのが始祖だろう。

続いて仮面卿とキッシングたちのゾア家が二番目で、自分《アリス》は三番目。

「急ぎましょうシュヴァルツ」

念を押すためではない。

自らにそう言い聞かせるために、アリスは再びそう口にした。

「もう一刻の猶予もないの」

Chapter.1『星は記憶する』

1

世界最大の都・帝都ユンメルンゲン――

この都は、三つのセクターに区分されている。

第一セクターは政治・研究機関の集結地。

政策全権を担《にな》う議会が招集され、帝国のすべてが決定される。

第二セクターは居住区。

帝都の民の七十パーセントが暮らす場所だ。住宅地の隣には世界有数の繁華街が並立し、世界中から観光客がやってくる。

そして第三セクター。

帝国軍の常駐地であり、広大な演習場が集中している。

「……遂《つい》に帝都にやってきたのですね」

第二セクターの広場前。

輸送車から降りたったシスベルが天を仰いだ。既に真夜中。太陽は地平線の彼方《かなた》に沈み、ほのかに薄暗い空が広がっている。

真っ黒な空ではない。

真夜中にもかかわらず、帝都の空は明るかった。

「こんなにも明るい夜空だなんて。違和感しかありませんわ……」

シスベルが、なかば呆《あき》れ口調で嘆息。

「繁華街のビルの明かりがこんなにも強いから、これでは星の光が見えません。皇庁では信じられませんわ」

「しっ、聞こえちゃうよシスベルさん」

慌ててシスベルに囁《ささや》いたのはミスミス隊長だ。

ここは世界で最も魔女に厳しい都だ。シスベルの言葉を聞きつけようものなら、そこら中から警務隊が押し寄せてくる。

「ねえジン兄ちゃん、音々たち久しぶりに帰ってきたんだよね」

「俺らにしちゃ古巣も古巣だ」

「……でも音々あんまり嬉《うれ》しくないかも。緊張の方が大きいよ」

「でけぇ用事があるからな」

ジンと音々が見上げる先には検問所。

「はーい、みんな乗った乗った。運転は音々たんお願いね」

輸送車の中から璃洒《リシャ》が手招き。

その頰には絆創膏《ばんそうこう》が何重にも貼られていて、太ももに巻かれた包帯も痛々しい。

——八大使徒ルクレゼウスとの戦闘の跡。

この帝都を訪れるまでの間。

自分《イスカ》たちを待っていたのは天帝からの出迎え……ではなく八大使徒の罠《わな》だった。

帝国は一枚岩ではない。天帝ユンメルンゲンに牙を剝《む》くために、八大使徒は虎視眈々《こしたんたん》と機を待ち続けていた。

……八大使徒ルクレゼウスの電脳体は消滅した。

……これで僕らは、八大使徒と明確に決別したことになる。

帝都とて油断できない。

いかなる時も、八大使徒の息がかかった刺客に襲われる危険があるのだから。

「音々たん、天守府の場所はわかるよね？」

「じゃあ出発！　天帝陛下が待ってるわよん」

輸送車が動きだす。

イスカたち第九〇七部隊とシスベル、そして天帝参謀の璃洒を乗せて。

「おやイスカっち？」

対面に座る璃洒が、こちらの顔を覗きこんできた。

「どうしたのよ。そんなノリの悪い表情《かお》しちゃって」

「……察してください」

「八大使徒に喧嘩《けんか》ふっかけちゃって大変だから？」

「それもあります」

「天帝陛下への謁見で緊張してる？」

「それも理由の一つです」

ただし、どちらも覚悟はできている。

むしろ自分の中でまだ心の整理ができていないのは――

〝俺が帝都に戻ってきたことがそんなに不思議か？〟

「う、うん……」

黒髪黒コートという黒ずくめの師。

その姿が頭から離れない。

「……あの人とあまりに突然の再会すぎて」

「イスカっちの上司のことかな？」

「上司っていうか師匠です」

黒鋼の剣奴クロスウェル。

かつての天帝の護衛で、星剣の初代所持者だった。

帝国中をあてもなく流離《さすら》っては、「見込みあり」の若人を集めて鍛えてきた。その拷問じみた扱《しご》きに、最後まで耐え抜いたのが自分《イスカ》とジンだ。

ジンには特注の狙撃銃を預けて――

自分《イスカ》には星剣を預けて――

師は、ある日突如として雲隠れした。

「僕らを残してふらっといなくなった人だし。その反対にどこで現れても不思議じゃないなとは思ってたんです。まさかこんな時に……」

〝ユンメルンゲンに会いに行くのなら、急ぐことだな〟

あまりに突然だった。

師の口から出会い頭に「天帝に会いに行け」と促されたこと。さらに言えばその呼び方も気になった。

……なのに師匠は違った。

……天帝参謀の璃洒さんは「天帝陛下」って呼んでる。

ユンメルンゲン、と。まるで近しい友人かのような口ぶりだった。

「璃洒さんは何か知ってるんですか？」

「んー……ワケありな関係《なか》ってことだけね。気になるなら陛下から聞けば？」

何とも適当な口ぶりで、璃洒。

ふと思いだしたように窓から車外を見やって。

「時間ピッタリ。音々たん、そこを曲がったら止まってちょうだい」

そびえたつ巨大建造物。

天守府——通称「窓の無いビル」と呼ばれる建物が、見えてきた。

2

天守府。

百年前、始祖ネビュリスの戦火から唯一残った建造物である。

「ここだけはウチも顔パスじゃだめなのよねぇ」

輸送車から降りる璃洒。

彼女が取りだしたカード型の身分証は、最先端の技術が施された認証鍵付きのもの。天帝参謀も身分証明なくしての通行は許されない。

『璃洒・イン・エンパイア、通行を許可します』

「ご苦労さまっと」

璃洒が再び車内へ。

「音々たん、車出していいよ。この敷地《しきち》をまっすぐね」

「……寿命が縮まりましたわ」

音々のかわりに答えたのは、今の今まで息さえ潜めていたシスベルだった。

「……もしも車内を見せろと言われたら」

「知らんぷりしてりゃいいんですよ。自分がネビュリス皇庁の第三王女だなんて口を滑らさないかぎり平気ですってば。そのためにウチが同行してるんですから」

「では天守府の中で警備員に訊《き》かれたら？」

「あ、いやいや。天守府の中なら何を喋《しゃべ》ってもいいですよん」

「え？」

「無人なんで」

赤茶色の建物を顎で指さして、天帝参謀はあっけらかんと答えたのだった。

「天帝陛下のお住まいは無人なんですよ。だって陛下はあんなお姿ですし？」

天守府内部。

その光景に、シスベルが驚きに目をみひらいた。

「……何ですかこの静けさは」

無人。

天井には監視カメラが点々と配置されているものの、何十メートルという廊下を見わたしても誰一人として歩いていない。

コツッ……コツッ……。

靴音だけが響く廊下。警備員や事務員の姿などが一切ない。

「さっきの話はこういうことですか。璃洒とやら」

「人間もいるっちゃいますよ。イスカっちは知ってるけど使徒聖が常に何人かは常駐してるんで。ただこれだけ広いと遭遇するのも稀《まれ》だけど」

「……これでよく警備が成り立ちますわね」

「いると思います？」

先頭を歩く璃洒が、シスベルに振り向いて肩をすくめてみせた。

「ここ帝都の最奥《さいおう》にある天守府に忍びこんで、使徒聖の目をかいくぐり、天帝陛下の命を狙おうなんて輩《やから》が」

「…………」

「だからシスベル王女も皇庁の人間には内緒ですよん？」

「……複雑な心境ですわね」

「ってわけでもうすぐですよん」

天守府は五重構造。

巨大ビルの内部に四重の塔《ビル》が入っており、ガラスの渡り廊下を進んでどんどん「内側」のビルへと潜っていく。

第五のビル『非想非非想天《ひそうひひそうてん》』。

その扉の前には黒い台座がぽつりと置かれていた。

「『天《あめ》の上、天《あめ》の下、ただ帝《みかど》のみ尊し』……あ。シスベル王女、解除コードも秘密ですよ。これ帝国全土でも知ってる人間が三十人くらいしかいないんで」

くすっと笑う璃洒の前で扉が開いていく。

――朱色の大広間。

今までの無機質なビルの様相からは考えられない。

柔らかな木板の香りに、ツンと鼻を突きさすような藺草《いぐさ》の香り。目が覚めるように強い朱色の内装は、どこか異国情緒《エキゾチシズム》の光景を思わせる。

その奥には。

『やあ。ようやくかい』

銀色の獣人が、畳の上で寝っ転がっていた。

顔かたちはさしずめ猫と人間の少女を足し合わせたようで、子猫のように目が大きく、人なつこいとさえ思える相貌だ。

――獣人。

怪物じみた外見だが、この獣人こそが最高権力者たる天帝ユンメルンゲンである。

『待ち疲れたよ。メルンも、この娘も』

「燐《リン》っ！」

天帝のすぐ後ろの円柱。

シスベルが叫んだことで、この場の全員の視線がそこに集まった。

円柱に括《くく》りつけられている茶髪の少女。

人間の手首ほどもあろうかという太さの荒縄を幾重にも巻かれ、両手両足を封じられた燐の姿がそこにあった。

「……シスベル様……申し訳ありません……」

囚われの燐が、奥歯を噛《か》みしめる。

「敵国の将に捕らえられた挙げ句、このような醜態をお目にかけてしまうこと……一生の不覚です……」

「燐！　すぐに助けますわ！」

シスベルが、意を決して天帝を指さした。

「燐を放しなさい！　あなたの要求どおりわたくしはここに来ましたわ。ならばあなたも人質を解放すべきでしょう」

『いいよ』

「そうですかその気は無いと。ならばわたくしにも考えがあ…………え？」

『だからいいよと言ってるのに。人の話を聞かない子だね』

ふぁぁと天帝が大あくび。

『ちなみにメルンは燐《コイツ》を捕まえてなんかないよ。放し飼いだ』

「……はい？」

シスベルがきょとんと瞬《まばた》き。

「どういうことですの？」

『この柱に縛り付けられてるのも。自由の身だとカッコがつかないから、お前たちが来た時はむしろ拘束されていた方がマシだって自分から捕まったんだよ』

「ば、ばか⁉」

叫んだのは張本人の燐だ。

「それは言うなと……ああもうっ！」

ぱらぱらと解けていく燐の荒縄。

そう。最初から縄は緩めてあったのだ。ちょっと力を入れるだけで縄が解ける締め方になっているのはイスカの目からも一目瞭然だった。

……ジンも音々もミスミス隊長も、もちろん璃洒《リシャ》さんもわかってて。

……シスベルだけはすっかり欺《だま》されてたけど。

ぽかんと呆気《あっけ》にとられた表情のシスベル。

そんな彼女の前で、自由になった燐が片膝をついて頭《こうべ》を垂れた。

「ご覧の通りですシスベル様」

「……あなたの三文芝居のことですか？　わたくし今、天帝よりも先にあなたの方に怒りをぶつけたいのですが」

「ご覧のとおり」

頭を垂れたまま燐はこう応じてみせた。

「この天帝、私に危害を加える気配はありませんでした。帝国の首長という憎き相手ではありますが、現時点では、シスベル様にも危害を及ぼす輩ではないと判断します」

『――だから最初からそう言ってたよね』

天帝がのそりと動いた。

寝転んでいた格好からゆっくりと上半身を起き上がらせて。

『ネビュリス皇庁の第三王女』

「な、何ですか……」

『そう怯《おび》えなくていいよ。お前も覚悟を決めてここに来たんだろう』

「……何の覚悟だと？」

『「世界最悪の日」を見る覚悟だよ』

銀色の獣人が立ち上がった。

シスベルへ、次いでイスカたち第九〇七部隊と璃洒に目配せして。

『ついておいで』

3

大陸を南北に縦断する大陸鉄道。

赤茶けた荒野をまっすぐ走り続ける急行列車で。

「…………」

黒髪の少女が、窓枠に手をつけてじっと風景を見つめていた。

歳《とし》は十三か十四だろう。黒髪は美しく光沢があり、身にまとうドレスは絢爛《じゅんらん》で煌《きら》びやか。少女の愛らしさもあいまって人形のような印象を帯びている。

目元を覆う眼帯をつけたまま――

少女は、列車からの風景をもう一時間以上見つめ続けていた。

「珍しいかいキッシング」

対面の席に座っているのは黒服の男だ。

キッシングと呼ぶ少女同様に、こちらも顔を金属製の仮面で覆っている。

──仮面卿《きょう》オン・ゾア・ネビュリス。

ゾア家の当主代理である男と、ゾア家が擁する女王候補キッシング。

「そういえば列車に乗るのは初めてだったね」

「……はい叔父さま」

頷《うなず》く少女。

振り向こうとするのを止めたのは、他ならぬ仮面卿だ。

「いやそのままで大丈夫。初めて見る場所だからね。しっかり楽しんでおくといい」

「……叔父さま、あの都市は？」

キッシングが指さしたのは地平線の先だ。

赤茶けた荒野のはるか向こうに、うっすらと都市らしき建物群が覗《うかが》える。

「中立都市エインだろうね。文化と芸術の花咲く地だよ」

「……文化と芸術？」

「そう。だがお勧めはしないよ。ここはもう帝国領土が目と鼻の先だからね。休暇を取った帝国兵たちと鉢合わせするような場所だ」

「そうしたら排除します」

「そんな面倒なことはしなくて済むよ。これから我々は、その大本を叩《たた》くのだから」

帝国領土——

それも帝都ユンメルンゲンへの総力攻撃を開始する。

この列車に乗っているのはゾア家単独の戦力だが、キッシングを筆頭に、精鋭と言える星霊部隊だ。

「始祖様と帝国軍の激突が始まる。帝国軍は総力を挙げて始祖様を止めにかかるだろうね。その隙に、我々は堂々と帝都に侵攻できる」

「……はい」

「今ごろ女王も我々の動きを察知した頃だろう。止めにやってくるとすれば誰かな。……ああ、アリス君ならば血相を変えて追いかけてきそうだね」

ルゥ家は帝国との全面戦争を良しとしない。

始祖とゾア家を止めようと、割って入ってくることだろう。

「だが遅いよ」

今さら皇庁を発《た》ったところで遅い。

「引き返したまえアリス君。君が何をしようとも始祖様は止められまい。追いかけてきた君が目にするのは帝国という名の焼け野原だ」

＝＝＝

高度一万メートル。

綿のように柔らかく、山のように巨大な雲海。

そんな壮大な景観のなか滑空する航空機。ネビュリス王家のプライベートジェットには、王族専用の更衣室が設けられている。その室内で——

「アリス様、ご用意できました」

「……ええ。お願い」

アリスは、薄地の下着だけを穿《は》いた姿で立っていた。

大きく肌が露《あら》わになった背中に、従者の少女がシールを慎重な手つきで貼り付けていく。

アリスの背中にある翼型の星紋を隠すためだ。

ぴたり、と背中に触れる冷感。

冷感湿布のように冷ややか。このシールをつける行為は、アリスにとって子供が注射を打つのにも似た「我慢しなきゃいけない」瞬間だ。

自分の星紋《アリス》は、とりわけ大きい。

姉よりも妹よりも母よりも。もしかしたら王家の誰よりも大きいかもしれない。

似た星紋の持ち主をあえて挙げるなら――

……始祖の星紋。

……わたしと同じ翼型で、背中を覆うくらい大きかった。

星紋の大きさと星霊の強さはある程度比例する。

小さな星紋で強力な星霊というケースはいくつもあるが、大きな星紋で弱い星霊というケースはほとんど無い。

……わたしは、わたしの星紋を誇りに思うわ。星霊使いの証《あかし》として。

……でも今日だけは皮肉ね。

これから自分は。

自分と誰よりも似た星紋の持ち主を、力ずくで止めねばならない。

「王衣《ドレス》です」

「ありがとう」

手渡された王衣《ドレス》を身につけていく。

いつもなら隣には手慣れた燐《リン》がいる。今だけは自分一人での不慣れな着付けだ。

「女王様からご連絡がありました」

アリスが王衣《ドレス》を身につける傍《そば》で。

ルゥ家の従者である少女が、小声で言葉を続けた。

「仮面卿と思《おぼ》しき男が、帝国行きの急行列車に乗る姿が目撃されています。それに同席するゾア家の者たちも多数」

「列車の到着は？」

「おそらく四、五時間後には帝国国境に到着するかと」

「……わかったわ」

奥歯を噛《か》みしめる。

やはり先行された。ゾア家が航空機を乗り終えて列車に乗り換えたというのに、自分はまだ航空機で空の上だ。

……ゾア家だけじゃないわ。

……始祖もとっくに帝国に迫ってるはず。いつ帝国軍と開戦しても不思議じゃない。

冗談ではない。

帝国もろとも燐やシスベルを失うわけにはいかないのだ。それに――

「もうこりごりよ。始祖だか何だか知らないけど、わたしのイスカに手を出したら今度こそ許さないんだから」

「アリス様？」

「あ。い、いえ何でもないわ！」

昂《たか》ぶりすぎてつい声が出てしまった。

不思議そうに顔を覗《のぞ》きこんでくる従者に、アリスは慌てて手を振ったのだった。

「……独り言よ」

遠き帝国。

この世でもっとも憎いはずの地に、複雑な情を馳《は》せながら。

4

天守府——

天帝ユンメルンゲンに従って、その場の全員が、天帝の間に直結する昇降機《エレベーター》に搭乗。

下へ、下へ、下へ。

地下へ。

否。そこはむしろ地底といえる場所だった。

昇降機《エレベーター》に表示される数字も「地下一階」「地下二階」ではない。深度400メートルといった地下の深さを直接的に表している。

「……わたくしたちをどこに招くつもりですか」

『ん？』

昇降機《エレベーター》の中心に立つ天帝が、シスベルへと振り返った。

『仕方ないだろうシスベル王女。星霊で過去を見るにも有効範囲があると言ったじゃないか。お前のいる場所から半径三千メートルだと』

「……だから、どこまで潜るのですか」

『メルンが見たいのは地下五千メートルで起きた過去。そうだねぇ、お前の能力の範囲を考えるならざっと地下二千メートルまでは潜ろうか。ちょうど着いたよ』

地下二千メートル。

昇降機《エレベーター》の扉が開いた先には、薄暗い空っぽの大ホールが広がっていた。

「へえ。天守府の真下にこんな地下室が。ウチも初めて来たかも」

物珍しそうに周囲を見まわす璃洒《リシャ》。

その先で、天帝ユンメルンゲンが暢気《のんき》な足取りでホール中央へと進んでいく。

『さて到着だ。シスベル王女、わかってるね』

「……わたくしの星霊で、この地の百年前とやらを映しだせば良いのでしょう」

『そう。ありったけをね』

銀色の獣人が振り返った。

『始祖ネビュリスの誕生。メルンの誕生。黒鋼《くろがね》の剣奴《けんど》クロスウェルの誕生。そして星剣が創られることになった経緯。何もかもだ』

「………」

こくんとシスベルが息を呑《の》んだ。

胸元のボタンを外して、鎖骨の下あたりに貼っていた星紋隠しのシールを剝がす。

――灯《ともしび》。

魔女の証たる星紋が、うっすらと光を強めていく。

「一つだけ確認です。灯の星霊で、百年前の事象を無差別に再現するのですか？　あなたが知りたい具体的な人物や場所を教えて頂けるとより効率的ですが」

『ああなるほどね。じゃあ焦点を当てる人間はメルンで――』

そう言いかけた天帝が、ぽんと手を打った。

『いた。最適な男がいた。お前たちクロと会っただろう。匂いがまだ残ってる』

「？　誰ですの？」

シスベルがきょとんと棒立ち。

ネビュリス皇庁の王女には「クロ」が誰を指すのか理解できないのも当然だ。

だから――

「クロスウェル」

シスベルにも伝わるよう、イスカはその名を正しく口にした。

「僕らもさっき会っただろ。僕とジンの師匠」

『そう。あいつが姿を見せたのはそういうことさ。『俺を見ろ』ってこと。あいつの過去を辿《たど》ればすべてがわかる。ただし――』

不穏な口ぶりで。

ヒトならざる姿の獣人はこう言い添えた。

「先に言っておくよ。これは楽しい映画を見るような気分で見るものじゃない。これから映しだされる物語は、決別《バッドエンド》だ」

ホールが光に包まれる。

シスベルの胸に灯《とも》った星霊の輝きが、そこに立体的な映像を映しだして――

百年前の帝国が、蘇《よみがえ》った。

Memory. 『灯《ともしび》①――姉妹と奇人――』

1

単一要塞領域「天帝国」。

通称「帝国」と呼ばれるこの国は、今、鉱脈から次々と発見された大量の鉄鉱石とレアメタルに支えられ、未曽有の高度機械化を遂げつつあった。

機械も、住居《ビル》も、兵器さえも。

あらゆるものが鉄を中心とした金属資源によって生みだされる。

だからこそ帝国はヒトを欲《ほっ》した。

より大量の資源を採掘するため、鉱山で働く若者を世界中からかき集めたのだ。

――クロスウェル・ゲート・ネビュリス。

当時まだ十五歳の「イスカの師」も、ここ帝国へ出稼ぎにきた少年の一人だった。

2

帝都ハーケンヴェルツ――

多くの雑居ビルが建ちならぶ十一番街。

木造の住居と軽量鉄骨のプレハブと真新しい鋼鉄のビルが、まったく秩序なく不揃《ふぞろ》いに密集する大通り。

その一角を、黒髪の少年クロスウェルは、地図一枚を片手に歩いていた。

……べと。

靴裏にこびりつく粘着性の感触は、誰かが吐き出したガムだろう。それともペンキか、あるいは家具用の接着剤か？

判別できない。

それくらい帝都の大通りはとにかく「ぐちゃぐちゃ」で、雑多で、騒々しい。

「……あと煙臭い」

工場からの排煙だろう。

採掘された鉄を加工する工場がそこら中にあるせいで、薬剤の臭いと煤《すす》の臭いが半端《はんぱ》ではない。

「わかっちゃいたけど、こんな汚い街で俺は暮らすのか……」

リュックを背負ってさらに進んでいく。

住宅街へ。といっても大きな屋敷《やしき》や高級マンションなどはない。一晩あれば建てられるような簡易住宅ばかり。

ここは、帝国に出稼ぎに来た若者たちの仮住まいの密集地である。

中でも——

自分《クロスウエル》がたどり着いた家は、悪い意味で凄《すご》かった。

「……何だこのガラクタ屋敷？」

薄い鉄板を折り曲げて家の形状にしただけの簡易住宅だ。

金属の板一枚——

風雨によって、壁のそこかしこが錆《さ》びついて変色してしまっている。

「これ本当に家か？　物置とか倉庫じゃなくて？　田舎の綺麗《きれい》な犬小屋だってもうちょっとマシなような……」

今日から、ここが、自分の家。

その現実が受けとめきれないまま、恐る恐る扉をノックしてみる。

返事はすぐにあった。

「いません」

「……え？」

「いません不在です」

幼《おさな》げな少女の声。声質こそ可愛《かわい》らしいが、今まさに苛立《いらだ》っていますとでも言いたげな棘《とげ》のある口ぶりである。

「いやいやいるだろ！　だって返事してるじゃん！」

再びノック。今度は拳を叩《たた》きつけるように激しめに。

「おい、開けてくれってば！」

「いません」

「嘘《うそ》つけ！」

「電気水道ガスの支払いなら、五日後に給料が出るのでその時に。勧誘押し売りの類《たぐい》なら、そんなものに払える金は無《ね》えんで十年後にまたどうぞ」

「いや俺は……」

「うるせ――――――っ！」

扉が蹴り開けられた。

くすんだ金色の髪をした褐色の少女が、ロケット噴射さながらの勢いで扉を蹴り開けて、その勢いでこちらの顔面へ。

「ふぎゃっ！」

跳び蹴りを浴びて倒れるクロスウェル。その顔にまたがるように着地した少女が、こちらを見下ろして「あれ？」と首を傾《かし》げてみせた。

「んん？　どこかで見たような」

「…………」

鼻っ柱を蹴られて悶絶《もんぜつ》中。

そんな自分《クロスウェル》の顔を覗《のぞ》きこむようにじろじろ見つめて。

「ああ、何だお前クロか」

褐色の少女があははと笑った。

――エヴ・ソフィ・ネビュリス。

遠い親戚にあたる十五歳の義姉は、二年前に会った時から外見も性格も何一つ変わっていなかった。

「懐《な》っつかしいな、ひょろひょろの癖に図体《ずうたい》だけデカくなりやがって。一緒に風呂《ふろ》に入った時もシャンプーが嫌いだって逃げてたのによー」

「……鼻が痛い」

「まあまあ良く来たな。帝都《ここ》、道がごちゃごちゃしてて迷子になりかけただろ？」

エヴがけらけらと笑い飛ばす。

「今日からあたしら三人家族だな。楽しくやろうぜ？」

ガラクタ屋敷（クロスウェル命名）。

その中に招かれて。

「……まだ痛い」

「あはは、まあそう怒るなって。あたしの膝が鼻に当たっただけだろ」

「……優しい義姉《あね》だった俺の記憶は」

「優しい姉《ねー》ちゃんだぞ。ほら水も出してやる」

そこはお茶でしょう。

喉元まで出かかった突っ込みをクロスウェルはぐっと堪《こら》えた。

お茶なんていう高級嗜好《しこう》品はない。珈琲《コーヒー》なんてもってのほかだろう。この部屋を見回せば火を見るより明らかだった。

「……ええと」

義姉エヴから差しだされたコップは床に直置《じか》きだ。

「テーブルもないんだ？」

「そんなものがあったら寝るとき邪魔だろうが。ただでさえ狭い家なんだから」

床に座ってもクッションなんてない。冷たい床に直座りである。

ちなみに家財は、洗濯機と冷蔵庫のほぼ二つだけ。

テーブルもなければ書棚もない。

クローゼットがないから服は部屋の隅っこに畳んで置いてある。明らかに下着らしきものも無造作に置いてあって年頃の少年《クロスウェル》としては目のやり場に困るのだが、肝心のエヴがそのあたりに無頓着らしい。

「ま、これが帝都に出稼ぎにやってきた若者のふつーの生活だしな」

「……帝国ってもっと夢のある生活だと思ってた」

「それは中級層以上じゃね？」

義姉にあっさり否定されてしまった。

「でも鉱夫のアルバイトは他の国よりよっぽど給料いいぜ。だからあたしらも帝国で働きに来たんだし、クロもそうだろ」

「給料が良《い》い割にこの家は……」

「給料の半分くらいは実家に送金してるからな。まあいいじゃん、このオンボロ家だって住めば楽しいぜ。あ、そうだ仕事といえば――」

エヴがぽんと手を打った。

部屋の隅に積み上げられていた雑貨やガラクタたち。その山をかき分けて、彼女が取りだしたのは電動ノコギリと電動釘《くぎ》打ち機だ。

「ほれ」

「……ほれ、とは？」

電動ノコギリと電動釘打ち機をこちらに押しつけて、エヴがさも当然とばかりに天井を指さした。

「ここ最近、屋根から雨漏りがひどくてよ。いやー、人手が増えて助かった」

「……俺、実家に帰っていいですか」

世界一の大国――

煌《きら》びやかな高度機械化文明に、美しい都市の街並み。そこで働くことが若者にとっての最高の社会的地位《ステータス》。

自分《クロスウエル》はそう信じてきたし、そう教わった。

世界中の若者が帝国にそんなイメージを抱いていることだろう。

「……嘘だらけじゃないか」

帝国の繁栄を享受しているのは中級階層以上。

住民の実に四割を占める下級層は、その日雇いのアルバイトで生活し、プレハブ同然の質素な家で生活している。

「……出稼ぎに来たはずなのに、まさか実家より狭くてオンボロな家だなんて」

見上げたのは灰色の青空。

矛盾しているようだが、灰色の青空としか言いようがないのだ。帝都のいたるところにある工場から煙が濛々《もうもう》と噴きだして、空は常に薄暗い。

「煙にまじった有害物質が空に昇って、それが雨と一緒に落ちてくる。だから雨漏り対策は大事です……っと」

屋根にできた大穴の上から金属板を打ちつける。

あくまで応急処置だ。こうして穴を覆おうとも、酸性の雨に浸食されてまた金属板がボロボロになってしまうに違いない。

「あら？　もしかして……」

声は、玄関先からだった。

スーパーの買い物袋を手にした少女が、屋根の上にいる自分《クロスウェル》を見つけるなりぱっと顔を明るくした。

「やっぱりクロくんね！　そろそろ来る頃かなって思ってたの！」

そして大きく手を振ってくる。

「お久しぶりクロくん。すっかり大きくなったね！」

「アリス義姉《ねえ》さん！　お久しぶりです」

アリスローズ・ソフィ・ネビュリスは、エヴと同じく義姉にあたる少女だ。

姉エヴと妹アリスローズ。

双子の姉妹で、顔も背丈もそっくりであると記憶していたのだが。

「？　どうしたのクロくん？」

「あ……いやええと、あの……」

屋根から降りて、義姉アリスローズとまっすぐ向かい合う。

ただただ率直に――

目の前の少女は、この二年でぐっと大人びて可憐《かれん》になっていた。

眩《まぶ》しい黄金色の髪は絹糸のように風に流れ、紅玉《ルビー》色の双眸《そうぼう》は凛々《りり》しく力強い。整った目鼻立ちに、血色のよい唇が気品ある色気を醸《かも》しだしている。

そして身体《からだ》つきもだ。

薄地のワンピースごしに、少女というにはあまりに早熟な胸の膨らみが覗《うかが》える。率直に、エヴと双子、それも妹だとは到底思えない。

「ええとアリス義姉《ねえ》さんの方が姉だっけ。エヴ義姉さんが妹？」

「えっ？　何を言ってるのクロくんってば」

アリスローズが楽しげに噴きだした。

「そんなこと言ったらエヴ姉さんが怒っちゃうわ。ただでさえ――」

「きーこーえーてーるーぞー」

勢いよく家の扉が開いて、双子の姉が顔を覗かせた。

「おいクロ」

エヴが、アリスローズの隣に並んでみせる。

「お前よ、あたしを見た時と反応が違くないか？　なんでアリスの時にはそんなドキドキしてやがんだ」

「えっ？　いや誤解だよ……っていうかエヴ義姉さんは出会い頭に跳び蹴りを食らわせてきたし。反応が違うの当たり前だろ」

「うるせー！　あたしの方がアリスのお姉さんなんだぞ。敬え！」

腰に手をあてて怒鳴るエヴ。

双子の姉妹――

姉エヴが二年前から背が伸びず、妹アリスローズがすっかり大人びたことで、見た目は完全にアリスローズが姉である。

「ったくよー。どうせあたしはチビで子供っぽいですよーっと」

頬を膨らませてふてくされてしまう。

そんな仕草からして子供っぽいのだが、それを言うとさらに拗《す》ねてしまうに違いない。

「姉さんってば、クロくんが困ってるのに……」

「それもこれもお前が悪い！」

「きゃっ⁉　ちょ、ちょっと姉さん⁉」

アリスローズの背中にエヴが抱きついた。

姉が鷲《わし》づかみにしたものは、十五歳という少女にはあまりに豊満な胸だった。

「何だこれはっ！　このでっけぇのは！　あたしの栄養まで全部こいつに吸い取られたんだ、そうだろう！」

「ね、姉さん⁉」

胸を鷲づかみにされたアリスローズがぱっと赤面。

「だ、だめよ……クロくんが見てるわ！」

「見せつけてるのはお前だ！　お前がいるから、あたしはいつも不出来な姉とか未熟な姉とか言われるんだぞ！」

「い、いや……や、やめて姉さん!?」

そんな姉妹のじゃれ合いを見せつけられて。

「……楽しそうだなー」

クロスウェルは、いかにも棒読みな口調でそう応えたのだった。

これが――

少年とネビュリス姉妹の帝都暮らし、その始まりだった。

3

帝都ハーケンヴェルツの日雇い生活。

ここでは仕事がいくらでもある。

その代表例が、帝都の地下からの豊富な鉄鉱石やレアメタルの採掘だ。帝国のみならず世界中から働き手が集まって鉱夫として働いている。

「ようこそ第五十四次・地源観測点へ」

採掘場。

クロスウェルたち新規採用者の前で、作業着姿の男が声を張り上げた。

「俺が現場監督官のラーヴィッチ・フォン・グレハイムだ。俺もお前たちと同じ日雇いの労働者だったが、帝都の役人様に評価されてここまで上り詰めた。これは夢がある仕事だ。いくらだって出世できる――ついてこい」

帝都のど真ん中に開いた大穴。

直径五十メートル。地上から覗《のぞ》きこんだそこは真っ暗で、不気味で、どれほど深くまで続いているのか見通せない。

「……底なし穴じゃないか」

あまりに不気味で、いっそ地獄か冥府に繋《つな》がっていると言われれば信じてしまいそうだ。

これが地底採掘場。

底なしにも見える大穴を、細いケーブルで繋がった昇降機《エレベーター》で降りていく。

地上から地下二百メートル、三百メートルと。

「これが帝国の繁栄を支える最前線だ」

しんと静まりかえる昇降機《エレベーター》のなかで、現場監督官の声だけがこだまする。

「通称『星のへそ』。誰が言いだしたか知らないがな。お前たちはここで、帝国の繁栄に欠かせない鉄やレアメタルをありったけ掘り起こす。単純な仕事だろう？」

「……もしここを掘り尽くしたら？」

クロスウェルの他愛《たわい》ない疑問。

そのつもりで呟《つぶや》いたはずの独り言に、現場監督官が振り向いた。

「新しいエネルギーに取って代わるだけだ」

「？」

新しい採掘場を見つけるだけだ。

そんな答えを予想していた自分には、まるで理解が及ばない答え。新しいエネルギー？

それはどういう意味だろう。

「あの……！」

クロスウェルが言葉を続けようとした瞬間。

ガタンッという衝撃とともに、地下へと降りていく昇降機《エレベーター》が止まった。

「地底四千メートルの世界へようこそ」

昇降機《エレベーター》の扉が開く。

現場監督官が指さした先には文字どおりの地底世界――

茶色と灰色が混じり合った岩盤に囲まれた採掘場が広がっていた。

オレンジめいた電灯が灯《とも》っているおかげで真昼のように明るいが、もしも電気ケーブルが事故で千切れたら、ここは夜よりも暗い暗黒に閉ざされるに違いない。

「お前たち新米の仕事を紹介しよう。ここで削岩機《ドリル》のメンテナンスだ」

見上げるほど巨大な削岩機《ドリル》。

地底を掘り進むのは人力ではなく機械。ここで働く人間はもっぱら機械のメンテナンスのために雇われている。

「……メンテナンスの仕方って？」

「他の鉱夫に聞け。俺はすぐに帝都の役人様と会議がある。計画担当様とな」

地上へ戻っていく現場監督官。

採掘場にぽつんと残されて、クロスウェルを含む少年少女は、互いに弱った顔を見合わせたのだった。


地底四千メートルの採掘場――

鉱夫C級。すなわち見習い鉱夫である自分《クロスウエル》の役目は、この「帝都で一番深い穴」での削岩機《ドリル》のメンテナンスである。

「……って聞かされてたけど、ただの下働きじゃんか」

精密機械の修理は、そのための機械整備士《メカニック》が他にいる。

たとえば硬い岩盤を砕くためのビットドリルの交換などは、鉱夫職の自分がやりたいと希望しても指一本触らせてもらえない。

では何をするかというと、機械パーツの運送である。

「給油と新しい機械パーツをひたすらコンテナに詰め込んで、故障した機械を地上に送る。……そりゃあメンテナンスって言った方が聞こえはいいけどさ」

実際にはただひたすら肉体労働。

何十キロという機械パーツを運びこむうえに、ここが地下のため酸素が薄い。

そして茹《う》だるほどに蒸し暑い。

「……こりゃ……人手を……募集するわけだよ……」

噴きだす汗が止まらない。

採掘現場の端から端まで往復するだけで疲労の限界だ。

「暑くて蒸して……おまけに土臭くてオイル臭い……労働環境法違反にも程があるだろ。片っ端からやめてくぞこれ」

人手が足りない理由を肌で痛感した。

帝国での高給アルバイトという名目に釣られた少年少女が、あまりに過酷な労働環境に耐えきれず次から次へと辞めていくからだ。

「……そうか、ここは地獄か……俺は地獄で働かされてるのか」

つかの間の休憩時間。

体重を支える気力も尽きて地面に倒れこみ、クロスウェルは岩盤に囲まれた採掘場をぼんやりと見上げていた。

「おー。へばったかクロ」

ニヤニヤ声。

擦りきれたシャツ姿のエヴが、寝転ぶ自分を見下ろしていた。

「どうだやべぇ仕事だろ？　あたしもアリスも初日はぶっ倒れたからな」

「クロくん大丈夫？」

続いて心配そうに見下ろしてくるアリスローズ。

こちらもエヴと同じ素朴なシャツ姿だが、汗をかいてうっすらと上気した頬がなんとも色っぽい。

「……なんていうか落差がひどい。地獄の小鬼と天使くらい違う」

「誰が小鬼だって？」

頬を引きつらせるエヴ。

　ちなみに姉妹の仕事は、ここで働く鉱夫のための給水ボトルや弁当の運びこみだ。機械パーツの運送ほど過酷ではないが、十分すぎる肉体労働である。

「……義姉《ねえ》さんたち、この地獄で何年働いてるんだっけ」

「ん？　何だもう辞めたくなったか？」

　エヴがその場であぐら座り。

「あたしもアリスも丸々一年くらいかな。五十人採用されて一年残るのってせいぜい七、八人じゃねえか？」

「……精鋭かよ」

「一年続けると査定が上がるんだよ。あたしら出稼ぎだしな」

「それにお弁当ももらえるし」

　クスッと微笑《ほほえ》むアリスローズ。

「お昼ご飯代を節約できるのって意外と大きいんだよ？　あと設備のシャワーも使えるから、一日の終わりに入っていけば家のお風呂《ふろ》も省けるし」

「あー。そうだよなぁ。アリスは常連だもんなぁ」

　エヴの不敵な笑み。

「水道代の節約ができるって、設備のシャワー使いすぎて怒られたくらいだし」

「ね、姉さん⁉」

「ここのシャワー室って男女共用なんだけどよ。男連中があくどいんだぜ。あたしがシャワー室に並んでても無反応なのに、アリスが並ぶと途端に順番を譲りやがるの。アリスも『ありがとうございます』なんて笑顔振りまいてよ。いいよな見た目で得するのは」

「そ、そんなことないもん⁉　ク、クロくん、それは誤解だからね！」

「うるせー！　色気振りまきやがって何が誤解だ！」

「きゃぁっ⁉」

背後に回ったエヴが、アリスの豊かなお尻を鷲《わし》づかみに。

アリスの悲鳴が採掘場にこだました。

「だ、だめよ姉さん……クロくんが見てるわ！」

「ところ構わず色気を振りまいてるのはお前だろうが！」

「ま、周りの人も見てるわ！」

「いつも見せつけてるじゃねーか！　このでけーのを！　こういう時だけ恥ずかしがるんじゃねー！」

姉妹のじゃれ合い勃発。

顔を赤らめて逃げる妹と、それを追いかける姉という構図。それが双子の日常なのだと段々理解できてきて。

「……俺、休憩してるから」

クロスウェルは寝転んだまま目を閉じたのだった。

4

帝都最深の採掘場「星のへそ」。

地下四千メートルという気の遠くなるような場所での労働も、あっという間に十一日目。

仕事に慣れてきたことで、クロスウェルの周辺にも変化があった。

仕事仲間だ。

「おっはよー、クロくん！　今日も朝から疲れた顔してるね！」

「……朝から義姉さんたちの世話で大変なんだよ」

隣を軽やかに走り抜けていく茶髪の少女ミュシャ。

この採掘場でエヴと並んで小柄な彼女はまだ十四歳。最年少だ。本人曰《いわ》く「親と喧嘩《けんか》して家を飛びだして、自立するために働きだした」らしい。

もっとも本人は、そんな内情を他人事《ひとごと》のように話せるほど明るく快活だ。

と。

そこへ通りがかったエヴが。

「おいクロ気をつけろ。そいつ男と見たら誰彼構わず愛想《あいそ》よくするからな」

「あー？　ウチは誰にだって愛想いいしー。あんたの愛想が悪いだけなのよチビ！」

「はっ。あたしに向かってチビだと？　お前の方がチビだろうが！」

そんな二人のやりとりを楽しげに眺めて。

「仲いいでしょ？」

アリスローズがくすっと微苦笑。

「ここで働いてる子はみんなそうよ。歳《とし》が近いから話が合うし、一緒にご飯も食べるし、家族みたいな関係なの。もちろんクロくんも」

「……アリス義姉さん、あのじゃれ合いは止めないんだ？」

「ドレイクが止めてくれるわ」

そう口にするのを見計らったかのように――

パンッと手を打ち鳴らす者がいた。

「朝の集会だ。今日はみんなに特別な連絡がある」

茶髪の青年ドレイク。

この採掘場で働くこと三年。今年で十九歳になる班長《リーダー》だ。

「午後にゲストがお見えになる。この採掘場の様子を見たいと」

「ゲスト？」

きょとんと首を傾《かし》げるエヴ。

「なんだそれ？　誰だ？」

「特別視察団。俺も帝国のお偉方としか聞いてないが、ラーヴィッチ監督官が朝から緊張してソワソワしてるから、さぞ偉い役人なんだろうさ」

「……けっ。あたしの一番嫌いなやつだ」

「午後に号令がある。呼ばれたら全員、作業を止めてここに集合してくれ」

そして解散。

何十人という鉱夫が持ち場につく。むろんクロスウェルの仕事は機械パーツの持ち運びという重労働だ。

「────」

厳重なバリケードで囲まれた巨大削岩機《ドリル》を見上げる。

ここ二週間、鉱夫として働くうちに採掘場の全容も掴《つか》めてきた。その上で──

「……やっぱり変だよな」

「おいクロ、なにボケッと突っ立ってんだよ」

後ろからエヴに肘で突《つ》かれた。

「班長《ドレイク》はまだしも、口うるせぇ監督官《ラーヴィッチ》に見られたら怒鳴られるぞ。ただでさえ今日は視察団が来るってんでピリピリしてるだろうしよ」

「エヴ義姉さん、俺思ったんだけどさ」

「お前の感想《ポエム》なんか誰も求めてねーっての。で、一応聞くけど何だ？」

「ここって本当に採掘場なのか？」

鉄鉱石が採れる。

そういう説明の下に、自分たちはこの地底に集められた。

「でも俺、肝心の鉄鉱石が採れてる瞬間を見てない。ミュシャにもドレイクにも聞いたけど同じだってさ。ドレイクなんか今年で三年目だぞ？」

「――――」

「もしかして誰一人、鉄鉱石が採れる瞬間を見たことがないんじゃないか」

星のへそと呼ばれる帝都最深部。

ここでの目的は鉄鉱石の採取ではないのではないか？

「何か別のものを掘ってるのかなって」

「なんだ。クロお前、そんな研究者みたいなこと考えてんのか？」

エヴが噴きだした。

「あたしら下っ端《したっぱ》がそんなの考えたってしょうがねぇだろ」

「エヴ姉さんは気にならないのか？」

「別に。ここを掘ってる理由が鉄鉱石だろうが石油だろうが恐竜の化石だろうがどうでもいい。地下を掘る。あたしらは金が手に入る。それが――」

エヴの返事を遮って。

昇降機《エレベーター》の方向が騒がしくなったのは、その時だ。

「全員集合！　お前たち整列だ！」

ラーヴィッチ監督官の大声が、地下四千メートルの採掘場に轟《とどろ》いた。

「あ、やべ……もう時間かよ。面倒くせーな」

エヴが舌打ちするや走りだす。昇降機《エレベーター》を囲むように並ぶ鉱夫たち。クロスウェルが着いた時にはもう全員がそこに整列していた。

「ここで待機だ。皇太子殿が見えられたら拍手で出迎えろ！」

「……皇太子？」

「……うそ⁉　皇太子って、まさかあの天帝のご子息のこと？」

エヴとアリスローズが思わず顔を見合わせた。隣のミュシャや班長ドレイクも、これはさすがに予想外らしく面食らった表情だ。

チリンッ。

クロスウェルたちが見上げる頭上から、昇降機《エレベーター》が到着。

「皇太子ご到着！」

「ユンメルンゲン殿下の視察だ。全員、拍手！」

まず登場したのは要人警護官《シークレットサービス》。

いかにも屈強そうな大男たちが十数人、いずれもスーツに身を包んでいる。

そんな彼らの後ろから――

清楚《せいそ》な白の衣装に身を包んだ、真っ青な髪の皇太子が現れた。

「ええっ。本物なの⁉」

思わず叫んでしまったミュシャが、慌てて自らの口を塞ぐ仕草。

それを知ってか知らずか――

「初めまして」

無垢《むく》な笑顔と澄んだ声で、皇太子がにこりと微笑んだ。

ボーイソプラノとでも言うべきか。少女か、それとも変声期を迎えていない少年なのか
区別のつかない中性的な声。

顔立ちもそうだ。

子猫のような大きな瞳に、こぶりで控えめな鼻と唇。

天帝の一人息子とされているが、いま自分たちの前に立つ皇太子は、まるで可憐《かれん》な少女のような華奢《きゃしゃ》な雰囲気を滲《にじ》ませている。

「やっぱり本物は気品が違うわね」

「……ふん、知らねーよ」

感心したようなアリスローズの呟《つぶや》きに、エヴが鼻を鳴らしてみせた。

「男のくせに可愛《かわい》い面しやがって。ありゃ何一つ苦労もしたことがない顔だ」

「そうかしら？」

「そうに決まってるだろ。皇太子だぞ皇太子。気品があるんじゃなくてただの小生意気な顔じゃねえか」

「……姉さんより可愛い顔してるかも」

「おいアリス？」

小声で言い争う双子の姉妹から離れて——

クロスウェルは、監督官に案内される皇太子の後ろ姿をぼんやりと眺めていた。

……ここを視察だって？

……鉄鉱石の欠片《かけら》一つ採れたことがない採掘場だぞ。何を見学する気だ？

鉱山も採掘場も、帝国中にいくらでもある。

その中でなぜここを選んだ？

「――――」

一時間後。

視察を終えた皇太子が地上へ帰還するまで、クロスウェルの頭にこびりついた疑問はとうとう晴れることはなかった。

5

帝都の街が紅《あか》く染まっていく。

夕暮れ時。

全身泥だらけで仕事を終えたクロスウェルたちは、帰宅間際《まぎわ》、珍しくラーヴィッチ監督官に呼び止められた。

「えっ！　あたしら全員に特別ボーナス⁉」

「そうだ。本日の視察にいらっしゃったユンメルンゲン皇太子からのご厚意だ。これからも職に尽くすようにとな」

「尽くす尽くす！　ありがとう皇太子殿下さま！　ああもう愛してるよ――――！」

ボーナスの入った封筒を胸に抱きかかえ、エヴがその場で跳びはねた。

過去例のない特別待遇だ。

「いやー、最高だな皇太子様。あたしは一目見て気品あるお顔だと思ったよ。明日もまた視察にやってこないかなぁ。そしてまたボーナス出ないかなぁ」

「……姉さんってちょろいのね」

そんな姉をじーっと見つめる妹。

「なあアリス、今日の夕飯は久々に豪華にしようぜ！」

「え？　姉さん、貯金するんじゃないの⁉」

「するか阿呆《あほう》。あたしは明日のことは考えない主義だ。おいクロ、先に帰って洗濯物しまっとけ。あたしとアリスはスーパーだ！」

「どうぞごゆっくり……って、もう走って行ったのかよ」

あっという間に遠ざかって行く姉妹の姿。

そして自分《クロスウエル》はおとなしく帰宅だ。

ボーナスの入った封筒を握りしめて、家の方角へ歩きだす。その瞬間に――

「ん？」

誰かが後ろから走ってくる足音。

義姉《エヴ》が戻ってきた？

そう思って振り向いたクロスウェルの手から、ボーナス入りの封筒が引ったくられた。

「あっ⁉」

封筒をポケットに入れておけばよかった。

そう悔やむ間もない。ボーナス入りの封筒を握りしめた少年が通りを走り抜けていく。

人波をかき分けてあっという間に遠くへ。

「ちょ、ちょっと待て⁉」

引ったくったのは小柄な少年だ。

地味なシャツとズボン姿だが、特徴は頭にすっぽりと被《かぶ》った帽子。顔を見られないための工夫だろうが、追いかける側にはそれが目印になる。

「おい、それを盗《と》られると俺が怒られるんだよ！」

ボーナスを盗まれるのも嫌だが、義姉たちに怒られるのはさらに嫌だ。

帝都の通りを全力疾走。

ひったくり犯は明らかに年下。追いかけっこなら速度も体力も負ける気はない。……が。

それは万全な状態ならばの話だ。

いまの自分は一日中汗だくで働いた後である。全力で走ろうにも走れない。

「くそ、こっちは疲れきってるってのに……！」

距離が縮まらないが、離されもしない。

根比べが続いて――

先に根負けしたのはひったくり犯の少年だった。曲がり角を曲がって、奥の脇道へ。

「っ？　こいつ……」

帝都の住人じゃない。この先は袋小路《ふくろこうじ》で進めば行き止まり。自分から捕まったも同然で、帝都の住民なら誰でも知っている常識だろう。

「っ！」

案の定、帽子をかぶった少年が急ブレーキ。

目の前には三方を塞ぐコンクリート壁。逃げ場はない。

「捕まえたぞこのバカ！」

「うわっ、ま、参った。余の負けだよ！　降参！」

「何言ってやがる。なにが余だ。ひったくり犯のくせに偉そうな」

後ろから羽交い締め。

……？

……何だこいつ？

小柄なのはわかっていた。だが抱きしめたひったくり犯の身体《からだ》は、見た目以上に華奢で、そして非力だった。

「は、放せ！　ちょっと、乱暴にしたら帽子が――――あっ！」

クロスウェルに羽交い締めにされて暴れる少年。

その勢いで、目深《まぶか》に被っていた帽子が取れた。

ふわりとなびく鮮やかな青い髪。そして可憐な面立ち。夕陽《ゆうひ》に照らされたひったくり犯の横顔は――

「っ！　お前！」

「……あはは。バレちゃった」

皇太子ユンメルンゲン。

採掘場で一瞬ちらりと目を合わせた皇太子が、目の前で、何とも気まずそうに照れ笑いを浮かべてみせる。

が。自分《クロスウエル》としてはもちろん困惑状態だ。

……いやちょっと待て。

……なんで皇太子？　なんでひったくり犯？　何が起きてるんだ？

その子供が意味深なまなざしで見つめてきて。

「な、なあ……余のことわかるだろ？　放しておくれよ」

「――――」

しばらく無言で考えて。

クロスウェルは、目の前の相手を「知らない」で押し通すことにした。

「どうせ他人のそら似だろ」

「へっ⁉」

「俺はお前が誰なのか知らないし覚えもない。俺の給料袋を奪っていった泥棒はこのまま警察に通報する」

「～～～～っ⁉」

皇太子に似た子供が露骨に青ざめた。

「ちょ、ちょっと待った⁉　だ、だめだめ。そんなことしたら大騒ぎになる！」

「大騒ぎにしたのはお前だろ」

「悪気はないんだよ！」

「悪人はみんなそう言う。ええと最寄りの交番は……」

「ま、待って！　わかった……そうしたら取引しよう。余が盗んだこのボーナスの十倍を払うから。それで手打ちにしてほしい」

「おまわりさんどこですか」

「余の話を聞けぇぇぇぇっっ！」

暴れるひったくり犯。だが小柄なうえに華奢な身体だけあって、どんなに抵抗しても自分の羽交い締めからは逃げられない。

「この十倍の金を払う？　そんな奴《やつ》がわざわざ人の金を盗むかよ」

「ほんとほんと！　余を誰だと思っている！」

「知らない」

「いま見て！　余の顔を！」

見ろというだけあって、間近で横顔をこれでもかと向けてくる。

エヴが「可愛い面」と言うだけあって、愛らしい面立ちに艶《つや》やかで長いまつげ、どこか猫を思わせる愛くるしい大粒の瞳も印象的だ。

少年のような少女のような、中性的なその面立ちは――

「皇太子ユンメルンゲン」

「そう！」

「……に化けた偽者《にせもの》だな。詐欺罪も追加しよう」

「ちーがーうー！」

またもバタバタと暴れだすひったくり犯。

「この気品ある顔、声！　身分が滲《にじ》み出てるのがわからないかい！」

「自分で気品あるとか言うな」

「………警告。これ以上余の身体に触ってると、あとで護衛たちに『乱暴された』って言いふらす。それでいいのかい」

「？」

何を言っているんだこのひったくり犯は。

万が一にでも本物の皇太子だとしよう。皇太子というのは、この国では男の皇子にのみ与えられる呼び名のはずだ。

「なかなかに失礼だね」

羽交い締めにされたまま、なぜだか上から目線のひったくり犯。

「余の身体をあちこち触ってるくせに、わからない？」

「………」

確かに男のセリフにしては不思議ではあるが……では少女の身体に触れているかと言われると、そんな特徴も感じないから判断に困る。

「……まあいい。俺もいい加減疲れた」

羽交い締めから放してやる。

どのみちここは袋小路だ。捕まえていなくても逃げ場はない。

「ほら、返すもの返せ」

「しょうがないなぁ。今度は盗まれないように気をつけておくれ」

「泥棒のくせに上から目線だな」

「泥棒じゃなくて皇太子」

ボーナス入りの封筒を素直に差しだしてくる。

地面に落ちた帽子を拾って、土埃《つちぼこり》をぱっぱと手ではたき落としながら――

「物が欲しかったわけじゃないんだ。盗んだらどうなるんだろうって知りたかった」

「？　俺に捕まるだけだろ？」

「余は知りたかった。いきなり持ち物を奪われたら民衆はどんな反応をするんだろうって。大声を出すのか騒ぎ出すのか。あと……それが余と気づいたらどんな反応をするのかな。驚いて謝るのかなって」

「……は？」

「余は物欲が無いんだよ」

手にした帽子を胸に抱える皇太子ユンメルンゲン。

「この帽子も服も。皇太子だから欲しいものは何でも手に入る。だから逆に物欲がなくてさ。知らない知識を得ることに興味がある」

「……知識欲に全力かよ」

なんとまあ皇太子らしい浮世離れした悩みだ。

今の発言をエヴが聞いたら、迷わず跳び蹴りを繰りだしていたに違いない。

……どうも本人っぽいんだよな。

……こんな変わったひったくり理由、他人がそうそう思いつくわけないし。

偽者ではなかったらしい。

今日の昼間、視察に現れた皇太子ユンメルンゲンその人だ。

「いや待て。相手が誰だろうと俺のボーナスを奪った罪が消えるわけじゃない」

「そこを見逃しておくれよ」

まるで子猫がエサをねだるように、じーっとこちらを見つめてくる。

「そうだ！」

と思ったそばから、皇太子がぽんと手を打った。

「もし見逃してくれるなら、余からとっておきの名誉を授けてあげる！」

「名誉って何だ？」

「余の話し相手になる権利さ！」

ばっ、と皇太子が手を広げてみせた。

「ちょうどそういう相手を探してたんだ。天帝《ちちうえ》はいつもお忙しそうだし。余は退屈しのぎになるし、民衆の情勢も知ることができる」

「待て。それは俺にメリットが無い」

「余の話し相手になれる。それだけでこの世の最高の幸せだろう？」

「…………」

キラキラと。

目を輝かせてこちらを見上げてくるユンメルンゲンを、冷ややかに見下ろして。

「よし」

クロスウェルは、その手首をがっしりと摑《つか》み上げた。

「やっぱり警察に連れて行く」

「なんでだよ――――!?」

帝都暮らし。

双子のネビュリス姉妹、そして一人の奇人と過ごす日々が始まった。

Memory.『灯《ともしび》②　―星が泣いた日―』

1

帝都で暮らし始めて、五週間。

クロスウェルの生活に新しい「日常」が加わった。

週六日で採掘場のアルバイト。残り一日の午前中に家の掃除と洗濯を片付けて、さらに一週間分の惣菜《そうざい》を作り溜《だ》めして保存パックに詰めておく。

ここまで済ませてから――

「おーいクロ？　どこ行くんだ？」

「……散歩」

義姉エヴにさりげなくそう答えて、クロスウェルは家を抜けだした。

向かう先は帝都十一番街の袋小路《ふくろこうじ》。そう、あの「ひったくり犯」と最初に会話を交わした場所だ。

いつもの空き地。

そこにたどり着くなり、にゃぁ、と何とも可愛《かわい》らしい声がした。

「あはは、お前たちは苦労とかなさそうだなあ」

野良猫《のらねこ》にエサをやる皇太子ユンメルンゲン。初めて会ったときと同じ素朴なお忍び服と、人相を隠すための大きな帽子を被《かぶ》った姿だ。

「あ、クロだ！」

こちらを見るなり、ユンメルンゲンが嬉《うれ》しそうに帽子を取った。

「どっちが猫かわからないな」

「んー？　それどういう意味だい？」

じと目でこちらを見つめるユンメルンゲン。

だが実はまんざらでもないらしく、口調は楽しげに弾んでいる。

「まあいいや。こっちこっち」

積み上げられた廃材の鉄柱が椅子代わり。

そこに座ったユンメルンゲンが、その隣を指さして「ここにお座り」と手招きしてくる。

――皇太子の話し相手。

それがここ二、三度と続く新しい日常だ。

話し手はもっぱらユンメルンゲンで自分《クロスウェル》は聞き手。たまにユンメルンゲンが話し疲れた時に、こちらが他愛もない世間話をしてやる。

「公衆浴場っていうのに興味があったんだ。ほら、余はいつも一人で大きな浴室が用意されてるじゃない」

「さも俺が知ってるような言い方だけど、俺はお前の入浴事情は知らない」

「いま教えたんだよ」

さも当然とばかりに続けるユンメルンゲン。

「女の浴場を覗《のぞ》いてみたかったんだ。覗いたらどうなるんだろうって」

「……はい？」

「そうしたら見つかって大騒ぎになった」

えへへ、と舌を出してごまかし笑い。

「いやぁあの時は大変だったよ。クロのボーナス袋を盗んだ時以上に大騒ぎでさ、新聞沙汰にならないようもみ消すのに苦労した」

「……変態男かよ」

「ん？　余が男だなんて言ったっけ？」

中性的な横顔で、ユンメルンゲンがいたずらっぽく唇を吊《つ》り上げた。

「実は男の浴場を覗いた時も騒がれたんだよね」

「常習犯っ⁉」

「違う違う。最初は男で、次は女。両方試したかっただけなんだ。どうも余はどっちにも見られるらしいなって。その実験がしたかったんだ」

「……はた迷惑だぞそれは」

「でも楽しい」

あはは、と笑う張本人。

どうやらこの皇太子は、帝都のいたるところで悪戯《いたずら》をする癖があるらしい。恐らくは、そのたびに家臣が情報をもみ消すのに四苦八苦しているのだろう。

「――って話をしたかったんだ」

ひょいっとユンメルンゲンが立ち上がる。

お尻についた埃《ほこり》をぱっと払いのけて、抱えていた帽子を目深《まぶか》にかぶる。

話はこれで終《しま》い。

皇太子ユンメルンゲンの自由時間は限られている。天守府からここまでの往復時間を考慮すると、会話の時間はせいぜい二十分程度。

「じゃあ余はいくね」

「おう」

「ええと次の空いてるスケジュールは……九日後の午後四時か。そういうわけで！」

「はっ⁉　おい、俺の予定は聞かないのか⁉　仕事があるんだよ！」

「待ってるよー」

手を振りながら、その奇人は十一番街の通りへと溶けこむように走って行った。

2

九日後。

クロスウェルは、家の壁にある時計をちらちらと見上げていた。

「……なんで俺は几帳面《きちょうめん》に時間なんか見てるんだ」

一方的な約束を押しつけられた。

今日はもちろん採掘場の仕事がある……はずだったのだが。

偶然、今日は午後から休みになったのだ。再び帝国上層部の視察が来るということで、自分たち鉱夫は現場から遠ざけられた。

「まさかとは思うけど、ここまでアイツの根回しじゃないよな……」

午後三時。

来いと言われて毎回素直に行ってしまうと、このまま妙な主従関係になってしまう気がして二の足を踏んでしまっているのだが。

「……ちっ。わかったよ。会いに行くだけ行ってやる」

重い腰を持ち上げる。

ついでに露店でお菓子でも買っていこう。帝国の庶民が食べているお菓子を口にした皇太子がどんな反応を見せるか――

「おいクロ」

そう思っていた矢先に、義姉エヴが家に戻ってきた。

「屋根の修理頼むわ」

「え？」

「今夜から大雨だって天気予報出てるだろ。お前がこの前修理したとこがまた剝がれて隙間風が漏れてきてんだよ」

ちょっと待った。

思わずそんな言葉が喉から溢《あふ》れそうになった。タイミングが悪すぎる。

「あの義姉《ねえ》さん、俺いまから用事があって……」

「一番の用事は屋根の修理だろ」

「…………」

ぐうの音も出ない。

義姉の主張はもっともだ。大雨の予報は自分も知っている。屋根の隙間風も、修理した箇所が剝がれたのなら自分の落ち度だろう。

ただ自分はアイツと――

「頼んだぜ。あたしとアリスはこれから晩飯の買い物に行ってくる」

「…………わかったよ」

力の入らない声で、そう答えるしかなかった。

義姉エヴの言ったとおり屋根の不備は確かにあった。その修繕が前回の半分近い時間で終わったのは経験のなせる業《わざ》だろう。

ただし。

午後五時。

クロスウェルが修理道具を片付けた時には、もう何もかもが遅かった。

「…………」

見上げる空は、ぶあつい雨雲が敷かれた曇天。

いつ雨が降りだすかもわからない。大通りをゆく人の足取りも、雨を警戒して心なしか速まっているように見える。

「……行けなかったな」

待ち合わせから一時間。完全なすっぽかしだ。

相手は皇太子。天守府を抜け出すのも九日ぶりという多忙な中だ。一時間以上もの遅刻を許容できるわけがない。

もう、あの空き地にはいないだろう。

九日ぶりにようやく外出できた皇太子をあろうことか一時間以上も待たせる庶民なんて、今回のことで愛想《あいそ》が尽きたに決まっている。

そう。九日ぶりの外出なのに。

「っ……待てよ」

ふと思い直す。

今まで自分の立場でしか考えていなかったから自覚も薄かったが。

……勝手に会う予定と日時を決められて。

……俺の予定も考えろよっていつも文句言ってたけど。

ならば自分は。

皇太子《アイツ》の予定を考えたことが、あっただろうか。

「九日ぶりにようやくとれた数時間を、アイツは……俺と会うことを選んだのか」

大金よりも価値ある極少の自由時間。

そこまで自分と会いたがっている奴《やつ》に、「もう帰っただろう」で終わらせるのか？

帰ったかどうかなんてわからないのに。

「──────っ」

気づけば。

家の扉を殴り開けるようにして、クロスウェルは家を飛びだしていた。

大通りをひたすら走る。帰路に向かう会社員や親子連れから逆走する方向へ。十一番街の袋小路《ふくろこうじ》を目指して息も絶え絶えに走り続けて。

「はぁ……っ……はぁ……っ………」

午後五時半。

もう真っ暗になりかかっている袋小路の小さな広場で。

ユンメルンゲンが、子猫に囲まれてじっとうずくまっていた。

「――――」

息づかいか、足音か。

自分がやってきたことに気づいて、ユンメルンゲンがうずくまったまま顔を上げた。

怒っているのか悲しんでいるのか。

どちらともつかない、数多《あまた》の感情が入り交じった複雑なまなざしで。

「……その……」

大きな瞳に見つめられ、クロスウェルは後ろ頭を掻《か》きむしった。

「……悪い。ちょっと遅れた」

家の屋根の修理をしていたから。

そんな言い訳が意味を為《な》さないことはわかっているから、口には出さなかった。

「――初めてだよ」

ユンメルンゲンが小声で呟《つぶや》いた。

ふぅ、と溜息《ためいき》をつきながら。

「余の人生で初めてだよ。約束をすっぽかされて延々待つはめになるなんて」

「…………」

「なるほど。約束をすっぽかされると、ヒトはこんな空虚な気持ちになるんだね。また、新しいことを学んだよ……この世には学ばない方が幸せなものもある。それを学んだだけでも収穫ということにしておくよ」

曇天を見上げる皇太子。

青い前髪にぽつり、ぽつりと空からしずくが降ってくる。

「雨だね。屋根の修理は間に合ったかい？」

「……っ⁉」

「お前の身元と家くらい調査させておくに決まってるだろ。さすがの余だって身元不詳の人間とは気楽に会えないさ」

ようやく――

ようやくユンメルンゲンの唇が、ほんの少しだけ笑んだ。

「でももう帰らなきゃ。余は忙しいんだよ。夜もまたすぐに会議があるから」

「……悪い」

「まったくだ」

そんな溜息をつきながら。

ユンメルンゲンが取りだしたのは、洒落《しゃれ》た小箱に包まれた通信機だった。

「部下に買ってこさせたんだ。最新型の通信機LinLin-X6、すっぽかすなら、せめて詫《わ》びの連絡をよこすべきだろう？」

それを押しつけられた。

「……くれるのか？」

「肌身離さず持ち歩いておくれ。余のプライベートアドレスはもう登録してある」

予想は大外れだった。

お前なんか要らないと言われると覚悟して来た。それがまさかの「もっと便利に会えるように」という展開になるなんて。

「あと、わかってるだろうけど余は皇太子だから。お前からいきなり連絡をかけられると家臣たちに疑われる」

「……俺からは電話かけねぇよ」

「余からの着信は五秒以内に出ること」

「不公平だな！」

「あと余以外のアドレスを登録したら許さない」

「重たっ⁉……いやまあ、どうせ登録する相手なんかいねぇよ」

同居中の義姉はこんな高級品は持っていない。

採掘場の仲間たちもだ。

「じゃあ次こそ。八日後の午後二時にね！」

　強まる雨脚のなか。

　傘もささず、帽子だけを雨よけにしてユンメルンゲンは大通りを走っていった。

　そんな奇人を見送って――

　クロスウェルも降りしきる雨のなかを帰宅したのだが。

「ただいま」

「おいクロ⁉　お前この雨のなかどこ行ってたんだよ⁉」

「クロくんずぶ濡《ぬ》れじゃない⁉」

　家に戻った途端、大慌ての義姉二人に囲まれた。

「クロくんいったいどうしたの⁉　大変、早く着替えないと風邪をひくわよ！」

「……い、いや。こんなの平気だから」

　タオルを渡してくれる妹アリスローズ。

　ちなみに姉エヴはというと、「……ほほう」と妙に目をぎらぎらと輝かせて。

「わかったぞアリス！　さては女だ、逢《あ》い引《び》きだぞクロが！」

「クロくんに女の子がっ⁉　デートしてきたのね！」

「違う！」

デートじゃなくてただの雑談。

さらにいえば相手は男か女かもハッキリしない奇人である。

「そっかそっかぁクロくんに女の子か。ふふ、クロくんもすっかりお年頃なのねぇ。きゃ、わたしの方が恥ずかしくなっちゃう！」

「……いや、なんでアリス義姉《ねえ》さんが顔を赤らめてんだよ。そもそも違うから」

「おいクロ！　ちゃんとあたしらにも紹介しろよ。いったい誰だ！」

「だから違うってっ！」

その夜。

目をきらきらと輝かせる義姉たちに挟まれて、クロスウェルは一晩中、「その相手」を問い詰められたのだった。

3

八日後、午後二時。

ユンメルンゲンが指定した日時の、いつもの袋小路の広場で。

「……遅いな」

今度はユンメルンゲンがやってこなかった。

今日だけは遅刻できまいと時間厳守で、むしろ三十分前から着いてソワソワ待っていた自分《クロスウェル》が間違っていなければ、とっくに待ち合わせの時間である。

「この前の『お返し』じゃないだろうな。あいつ……」

着信音。

もらった通信機から軽快なメロディが流れだしたのは、その時[illegible]。

『……やあ』

ユンメルンゲンの声。

いつもの快活さがない。むしろ弱々しく擦《かす》れた吐息の方が大きい[illegible]。

「この世の終わりみたいな声だな」

『……風邪をひいてしまってね。喉が痛くて美しい声が台無しだよ』

こほんと咳払《せきばら》い。

『前回、誰かさんのせいで雨に打たれて身体《からだ》が冷えてしまったらしい』

「…………」

そうだろう。

風邪という単語が出た瞬間、クロスウェルもこの展開は予想できた。

「前回は悪かったって。で、どうするんだ？　俺が菓子でも持って見舞いにでも行くか？」

『そうしてほしい』

「おいっ!?……いやいや冗談だぞ今のは！」

『天守府にゲストとして招いてあげる』

「だから待てって!?」

天守府は、言わずもがな天帝の住居だ。

そこに庶民の自分が？　今日もいたって普通のシャツ姿。こんなのゲート前の

堰《せ》き止められてお終《しま》いだ。

『今から秘密のルートを送るから』

再び着信音。

電子画像で送られてきたのは天守府を中心とした地図。ご丁寧に青い線でここからの行き先まで記されている。

「……ん？　この行き先って天守府になってないぞ」

天守府の後方にある小高い丘。

送られて来た地図に記載の青いルートが、この丘に向かって延びている。

『余がいつも通ってる道だよ』

「……行き先は天守府じゃないのか？」

『秘密の道。クロも歴史で習っただろ?? 国家元首ってのはいつの時代も、いざという時のための緊急避難ルートを用意しておくんだよ』

「それは知ってる」

『その丘から、天守府に繋《つな》がる隠し通路があってだね』

「待て。今とんでもない発言しただろ⁉」

紛れもなく国家機密の情報だ。

天守府に用意された秘密の脱出ルートを皇太子が漏らしたとなれば大騒ぎだし、それを知ってしまった自分も危ういのでは。

『余は子供だしぃ。ちょっとイケナイ事を漏らしても子供だからで済むしぃ』

「……済まないだろそれは」

『だけど気をつけておいでよ。誰かに見られたら大変だ』

「……俺は、この秘密の道が嘘《うそ》であってほしいと心から願ってるよ」

渋々と答えて、クロスウェルは地図を目印に歩きだした。

そのおよそ三十分後。

「……ホントだったのかよ」

帝都を見下ろす丘。

赤茶けた天守府を望む丘の上で、クロスウェルは呆然《ぼうぜん》とそう口にしていた。

――隠し通路。

丘の記念碑から五十メートル後ろの林。

そこに積み上がった大岩と大岩のスキマに差しこんだ指先が、ひやりと冷たいスイッチに触れた。押した途端、大岩のスキマが数十センチほど開いて、ヒト一人が通れる入り口に早変わり。

『他の人間はいないね？』

「ああ。丘の上に数人いたけど、わざわざ林の中に入ってくる奴《やつ》はいないって」

『じゃあ入って。入ったらすぐにスイッチを押して扉を閉めること』

「……わかった」

一つ謎が解けた。

ユンメルンゲンがよくも頻繁に天守府を抜けだせるものだと疑問だったが、この抜け道から警備員にも見つからず行き来していたのだ。

「っていうか俺に教えるのもどうなんだか……」

下り坂になっている秘密の道。

もう何十年も前に造られたのだろう。通路は狭くて、埃《ほこり》とカビの臭いが充満している。

丘の上から天守府の地下へ——

そこから螺旋《らせん》階段をひたすら昇っていって、非常扉を恐る恐る押し開く。


ステンドグラスの輝く絢爛《じゅんらん》な宮殿内。


「……何てこった。俺、本当に天守府に入ってきたのか」

警備員に見つかることなく、監視カメラに映ることもない。一般市民の自分がすんなり侵入できたのだから、悪人に知られたら大問題だろう。

「……うかうか寝言にも言えないな」

そんな自分《クロスウエル》の前には、黄金色の意匠で飾られた大きな扉。

『着いたかい？』

「なんか超豪華なビルの五階に来て、超豪華な扉の前にいる。いつ警備員がやってくるか不安でしょうがない」

『じゃあ開けるよ。扉が開いたら入っておいで』

ギィ、と。

物々しい音を立てて機械式の扉が開いていく。

天井にはシャンデリアが灯《とも》り、足下は特注品らしい高級感ある絨毯《じゅうたん》。壁際《かべぎわ》には時代を感じさせる絵画が並べてある。

ホテルの最上級スウィートルームのような景観だ。

「……うちの家具の何千倍どころか何万倍って値段がかかってそうだな」

「感心するのはいいけど、普通、まずは余に挨拶に来るのが礼儀じゃないかい？」

真珠色に輝くレースカーテンに囲まれた、天蓋付きのベッド。

横たわるユンメルンゲンが、弱々しく手招きしてきた。

「……や」

「だいぶ具合悪そうだぞ。あ、これ街で買ったプリン。差し入れな」

「クロにしては気が利《き》くね。余の口に合うかどうかはさておき……っ、こほっ……」

笑った弾みに再び咳《せ》きこむ。

「本当に大丈夫か？」

「これでもだいぶ良くなったんだよ。もともと頑丈ってほど身体が強いわけじゃなくてね。花のように儚《はかな》い病弱者だし……あぁ、早くこんな生活とおさらばしたいね」

「ん？」

違和感。

この国の皇太子が「こんな生活とおさらばしたい」とはどういう意味だ？

「あと少しで世界の常識が変わる」

ベッドに寝こむユンメルンゲンが、天蓋を見上げながらそう口にした。

「人間は新しいエネルギーを手に入れられる。余の病弱体質を改善することだってできるかもしれない。クロも楽しみだろ？」

「………………」

何の話だ？

出会った時から変わり者な皇太子だとは思っていたが、言っている話が見当も付かないというのはこれが初めてだ。

「悪いけど、いったい何の話だよ」

「クロたちが採掘場で発掘してるじゃないか。星の奥底に眠ってるエネルギーが奇跡をもたらすかもしれない」

自分が採掘しているもの？

……星の奥底に眠っているエネルギーって、何だよその不可思議な単語は。

……鉱脈なんだぞ。鉄鉱石とレアメタルに決まってるじゃないか。

ただし。

あの「星のへそ」と呼ばれる採掘場で、鉄鉱石が採れたところを見た者はいない。

「なあ、もしかしたらすごく噛《か》み合わない話になるかもだけど。俺たち鉱夫があの場所で採掘してるのは鉄鉱石だ」

「え？」

「俺たち下《した》っ端《ぱ》はそうとしか聞かされてない」

「……そうなの？」

今度はユンメルンゲンが沈黙する番だった。

ベッドで仰向けのまま、何かをしきりに思い巡らせるような表情で。

「ああなるほど。じゃあ帝国の一般庶民には情報統制中なんだ」

「またヤバそうな発言を……」

「別に発表してもいいと思うんだけどなぁ。気になる？　気になるよね？」

正直聞きたくない。

今のユンメルンゲンの言う「情報統制」からして、それを聞かされることが庶民にとってどれだけ危ういか、想像が付かないほど自分は馬鹿じゃない。

とはいえ、だ。

理性でそうわかっていても、純粋な好奇心は止められなかった。

「……あの採掘場は鉄鉱石が目当てじゃないってことだな」

「うん。だってそうだろ。鉄鉱石なんてありふれたものを採る程度なら、余がじきじきに視察なんてするわけない」

「……そりゃそうか」

「特別だよ。クロには教えてあげる」

ユンメルンゲンが微笑《ほほえ》んで。

「あそこで掘ってるのは、まったく新しいエネルギーだよ」

「何だって？」

「人間が暮らしてるのは星の地表だろ。だけどそのエネルギーは星の奥底を溶岩のように流動してるらしい。で、それが周期変動で、星の地表にすごく近い位置まで昇ってきてる。ちょっと地底を掘れば噴きだすくらいにね」

「……地底を掘れば噴きだす、か」

「もうわかるだろ？」

「ああ」

それが「星のへそ」。

帝都のど真ん中に採掘場を設けて、削岩機《ドリル》で地底四千メートルまで掘り進んでいたのは、そのエネルギーを取りだすためだったのだ。

「なんで庶民《おれら》には知らされてないんだ」

「さあ？　天帝《ちちうえ》と八大長老たちがやってる極秘プロジェクトだし、発見したら大々的に発表して世界中を驚かす気じゃないかな」

まるで絵空事のような話だ。

地底に眠っている未知のエネルギーなど、これが街の大通りで聞いた噂《うわさ》なら自分は信じる気も起きなかったに違いない。

「夢のある話だろう？」

ユンメルンゲンがにこりと笑んで。

「そのエネルギーを採掘できたら、きっと世界は一段階未来に進む。余のこんな風邪なんかすぐに治せるような医療技術も開発されるかも」

「そんな都合良くいくか？」

「夢を見るのは自由だよ」

自らに言い聞かせるように、風邪をひいた皇太子が弱々しく頷《うなず》いた。

「そして、その日は近い」

「……いつだよ。その出来すぎた未来ってのは」

「二週間後くらい」

「俺の想像の百倍早いぞ⁉」

「そうでなきゃ余が視察なんかしないよ」

何とも説得力のある言葉だ。

皇太子がわざわざ視察に来た時点で、計画はもう成功したも同然の状況まで来ているに違いない。

「いまクロたちの地下採掘場の深度は四千八百メートルだろ？　その未知エネルギーは、地底五千メートルのところに滞留してる。あと二百メートルさ」

「……もう目と鼻の先じゃないか」

「だからそう言ったじゃない。夢が実現する日はもう目前で――――」

カツンッ。

この部屋の向こうで、扉のノック音が響いたのはその時だ。

「やばっ⁉　医者か見舞いの大臣かも！」

ユンメルンゲンが顔を引きつらせた。

「隠れてクロ！」

「ど、どこにだよ⁉」

「ええとカーテンの裏……じゃ透けるしクローゼットも無理で……このベッドの下！」

言われるままベッドの下の隙間に潜りこむ。

ベッドの下は真っ暗で、物音と声で様子を覗《うかが》うことしかできないが――

扉が開いていく気配。

「皇太子殿下。ご体調はいかがですかな」

「天帝陛下も心配していらっしゃいます」

「どうかご自愛くださいませ。私たち、お見舞いの品をお持ちしましたわ」

続けざまに響く足音と声。

三人か四人？　いやもっと多い。七人……八人か。

「……ただの風邪だよ。八大長老ともあろう者たちがぞろぞろ来るな。余が大病を患《わずら》ったと家臣たちから心配されるだけだ」

ベッドがわずかに揺れる。

寝ていたユンメルンゲンがベッドから勢いよく飛び起きたのだろう。先ほどまでの辛《つら》そうな容態からは嘘《うそ》のように活気溢《あふ》れる姿に感じるが。

……ユンメルンゲン？

……ずいぶん口が刺々《とげとげ》しいな。

気になったのは、むしろその不機嫌極まりない口ぶりの方だ。

「明日には公務に復帰できる。ほら、もう十分だろ」

「大変失礼しました。殿下が高熱を出して倒れられたと聞いて、二週間後の降神祭も延期を検討せよと天帝陛下からのお話が」

「必要ない」

ふてくされたような口ぶりの、皇太子。

「ほらもう帰れ。余は忙しい」

「承知しました。ではくれぐれもご自愛ください」

退室していく八人の足音。

その八人を追い出すように扉が閉まりきって——

「っ……ごほっ！……けほっ…………っ……ぁ……！」

がくん、とユンメルンゲンの膝が折れた。

絨毯の床に膝をついて激しく咳きこんでいる——ベッドの下で様子を覗うしかない自分にも、その気配が手に取るように伝わってきた。

「ユンメ――」

「待て！」

ベッドの下から這《は》い出ようとして。

それを止めたのは、あろうことかユンメルンゲン本人だった。

「待て。余がいいと言うまで出るな……」

「？」

「………寝間着を見せたくないんだ……その……見られるとわかっちゃうから……」

「わかる？　わかるって何をだよ」

「……いいから待ってて」

ユンメルンゲンがベッドに倒れこむ。

そのまましばし、荒らいだ息が落ちつくのを待ってから。

「……お待たせ」

ベッドの下から這い出る。

クロスウェルが振り返ったそこには、布団《ふとん》を首元までかぶったユンメルンゲンが顔を赤らめてこちらを見つめてきていた。

「……余はね、まだしばらく、クロとはこ、こ、こ、この距離でいたいんだ」

「だから何がだよ」

「…………」

ユンメルンゲンが、天蓋を見つめて。

「たとえ話をしよう。世の中には娘が欲しい父親も、息子が欲しい父親もいる」

「当然だなそれ」

「まあ聞きなよ。一つ事例を話すとだね。ある父親は早くに息子を亡《な》くしてしまってね。次こそ息子を大切にしたいっていう思いが強かったのさ」

あまりに突飛すぎて理解が及ばない。

この皇太子は、いったい何を伝えようとしているのだろう。

「で。子供ってそういう親心に敏感じゃない？　『ああ……父上は息子を望んでたんだな』って感じるんだよ。だから子としても親の期待に寄せたくて、褒められたくて、なるべくそっちに寄せようって思って生きてきたわけなんだ」

「？　さっきから何の話だよ」

「降神祭がもうすぐだねぇ」

「……強引に話を変えたな」

「話を戻しただけだよ。さっき八大長老が来る前にその話をしてたじゃないか」

地底に眠る未解析エネルギー。

星のへそは、そのエネルギーを取りだす作業場だったという。

「降神祭っていうのはね、目標深部に到達した記念の貫通式だよ。さっきも言ったけど深度五千メートルまで目と鼻の先なんだ」

「鉱夫《おれら》は聞かされてないけどな」

「監督官なら知ってるんじゃない？ その降神祭には余も天帝も参加するよ」

「天帝が⁉……あ、そうか。お前の父親だもんな」

つい感覚が麻痺《まひ》しそうになる。

ごくごく当たり前のように会話をしているが、目の前にいるのは皇太子なのだ。

……天帝があの採掘場に現れるって聞いて驚いたけど。

……皇太子《コイツ》が視察にやってきたことがもう凄《すご》いことなんだよな。

あと二百メートル。

地下を掘り進んだ先に、想像もつかない新エネルギーが眠っている。

「『星のへそ』で掘っていたのが実は新エネルギーだっていうのも、いよいよ発表されるんじゃないかな。降神祭のスケジュールが決まったからね」

「……話がでかすぎて逆に実感湧かないな」

世界中で大騒ぎになるだろう。

ユンメルンゲンは現に、この新エネルギーで世界が変わるだろうとまで夢見ている。

「まあいいや。俺ら庶民がどうこう考える話じゃないし。……ところでさ。お前さっきの八人の家臣って嫌いなのか。口ぶりが刺々しかったぞ」

「八大長老のこと？」

天帝参謀として知られる八人の賢者たち。

いずれもが医学、化学、生物学、物理学、軍事学、言語学などの第一人者である。

「嫌い」

仰向けのユンメルンゲンが、目を細めて嫌悪《けんお》感を剝《む》き出しに。

「あいつらが来て以来、天帝《ちちうえ》はあいつらの言うことしか聞かなくなった。操り人形だ。余が天帝になったら絶対追い出してやる」

「……皇太子も大変なんだな」

「でも今日は機嫌がいいよ。クロが来――こほっ、っ……けほ……！」

身体《からだ》をくの字に曲げてユンメルンゲンが咳《せ》きこんだ。

やはり万全には程遠いらしい。

「無理するなって。俺もそろそろ家に戻るし。帰りも同じ道使っていいんだよな」

「……こほっ……どうぞ……」

「ちゃんと治せよ。二週間後にその降神祭とかいうイベントに出るんだろ」

「……うん」

いつもより心なしか素直な相づちで。

病床の皇太子は、弱々しく頷いたのだった。

「……今日教えた秘密のルート、クロならいつでも使っていいから」

4

七日後。

帝都でもっとも深い採掘場「星のへそ」は、突然のニュースに沸いていた。

「大変よ！　大変なのよ！」

地下四千八百メートルの地の底で。

血相を変えて走り回っているのは最年少の少女ミュシャだ。

「みんな聞いて！　ウチらが掘ってたこの穴、鉄鉱石を採るためじゃなかったんだって！

見てよこの記事！」

人類が手にする新資源。

ガスでも石炭でも石油でもない。地底に流動するマグマ状の新エネルギーが観測されたというニュースが、帝国から全世界に向けて発表された。

「……マジかよ」

さすがのエヴも興奮した表情だ。

自分たちが一年近く続けてきた採掘が、人類史に残る偉業かもしれない。そうと知って胸に込み上げる感慨もあるだろう。

「なあアリス。新エネルギーの発見って凄いのか？　凄いんだよな？」

「……え、ええ。テレビではそう言ってたわ。姉さんだって一緒に見たじゃない」

こちらはまだ困惑気味の妹アリスローズ。

「わたしたち一躍有名人になっちゃうかも」

「ってことは？」

「テレビ局や新聞記者に呼びかけられるわ。テレビに出て、今までの苦労談や成功体験を語るのよ。もしかしたら自伝とか映画化なんかしちゃうかも」

「ってことは？」

「もうお金の心配をしなくてすむのよ姉さん！」

「最高じゃねえか妹よ！」

やったー、と仲良く抱きあう姉妹。

まわりの仕事仲間たちも似たような未来を想像中らしく、仕事も手につかず浮き足立っている状況だ。

「みんな揃《そろ》ってるな」

班長役の青年ドレイクが、昇降機《エレベーター》で降りてきた。

「朗報だ。なんと天帝陛下から、ここで働いていた鉱夫全員に、地下五千メートルの目標地点到達時にまたボーナスが支給されるらしい」

「うそぉ！」

「超嬉《うれ》しいんですけどぉ！」

沸き上がる採掘現場。

そんな仲間たちの様子を後目《しりめ》に、クロスウェルはこっそりと昇降機《エレベーター》の裏へと回った。

先ほどから胸元で通信機が光っているのだ。

『どうだい現場《そっち》は？』

「こっちの歓声聞こえるだろ。みんなやる気になってるよ。主にボーナス目当てで」

『あはは、民衆の心を摑《つか》むのは簡単だね』

通信機の向こうからユンメルンゲンの笑い声。

本人曰《いわ》く、ここ数日でようやく体調も戻ってきたらしい。もっとも外出はまだ医者から止められているが。

『感謝してもらいたいものだね。そのボーナスを天帝に進言《ちちうえ》したのは余なんだ。来《きた》るべき「星霊」降神祭で、貢献した鉱夫にも分け前があってしかるべきですって」

「……星霊？」

『掘り起こすエネルギーの仮名称だよ。八大長老が古い遺跡の絵文字から引用したらしい。随分と詩的な名前にしたものだよね』

「まあ俺はどうでもいいけど」

『ところでさ。ねえクロ』

通信機の向こうで、ユンメルンゲンが唐突に茶目っ気を覗《のぞ》かせた。

『余と会えなくて寂しいかい』

「は？」

『いやぁ悪いね。まだ医者から外出も止められてるし、皇太子という立場上、星霊降神祭の準備もいろいろあってさ。余と会えないクロが夜な夜な寂しがって泣いている気持ちもわかる。せめて余のプライベート写真でも送ってあげようか』

「切るぞ」

『わあああっ⁉　ちょっと待ちなって！……もう、つれないねクロは』

溜息《ためいき》で返す皇太子。

『……実のところ降神祭は天帝もいるし警備もいる。たぶんイベント中は声らしい声をかけられないと思うんだ』

「イベントが終わってから会えばいいだろ」

『そう！　気が利《き》くじゃないか。余もそれが言いたかった！』

なら素直にそう言え。

そんな内心の突っ込みは、ユンメルンゲンの早口気味のセリフに押しやられた。

『じゃあ降神祭の翌日だ。午後三時にいつもの空き地で集合だから！』

「俺の予定――――」

『待ってるよ！　余はこれから八大長老との会議があるから、またね！』

「……ったく言いたいことだけ言って」

一方的に通話が切れる。

もちろんいつもの事だから慣れっこではあるが。

「……降神祭の翌日。スケジュール空けとくか」

地下四千八百メートルの地底から。

クロスウェルは、地上にいる皇太子の方を見上げたのだった。

だが。

二人が集合する未来は、訪れなかった。

クロスウェルはもちろん皇太子ユンメルンゲンも知る由《よし》もなかった。これが二人にとって最後の「人間」としての会話であること。

帝都の崩壊まで――

＝＝＝＝＝＝＝＝＝

『あと七日だ』

暗い、暗い小部屋。

帝国議会の地下に設けられた秘匿聴聞《ちょうもん》室。

ひとたびドアを閉めれば、絶対に声が外に漏れない完全機密式の隔離室。たとえ天帝であってもこの部屋の会話を傍受することは適《かな》わない。

そこに――

帝都の賢者と呼ばれる八人の男女が、顔を向かい合わせるように座っていた。

「未解析エネルギー。星の民が『星霊』と呼ぶ力がついに現れる」

「星の中枢を流れる膨大な力だ。アレが地表近辺にまで昇ってくる現象など過去数百年の観測でもそうそうない」

「――星脈噴出泉《ボルテックス》」

「圧倒的だ。火山の大噴火をも上回るエネルギーの噴出だからね。これほど強大ならば、我々の推定爆発範囲を越えてしまうのもやむを得まい」

そう。

すべては偶然で不幸な事故でしかないのだ。

地下五千メートルの深さから噴きだした新エネルギーが強すぎるあまり、採掘場もろとも周囲の人間を吹き飛ばしたとしても。

それは誰のせいでもない。誰が企《たくら》んだと立証することもできない。

「降神祭に臨む天帝と皇太子、そして要人たち」

「一切残るまい」

天帝とその後継たる皇太子が消える。

最高権力者を失った帝国は大いに揺れるだろう。

「八大長老のみが残るのだよ」

5
朝九時。

帝都十一番街の通りは朝から爽快なラッパの音が鳴り響き、空には色とりどりの風船と紙吹雪が舞っていた。

「エヴ義姉《ねえ》さん、アリス義姉さん。そろそろ行かないと俺ら遅刻するって」

「ちょ、ちょっと待ってクロくん!……スカーフの巻き方ってこれでいいのかしら。ねえクロくんどう思う?」

「女は化粧に時間がかかんだよ!」

まさかのまさか、だ。

義姉二人の口から「スカーフ」だの「化粧」だのという単語が出る日が来るなんて。

「俺、外で待ってるから」

ガラクタ屋敷《やしき》の外に出るなり、珍しいほどの眩《まぶ》しい日差しにクロスウェルは目を細めた。

最高のセレモニー日和。

「……あっという間だったな」

星のへそでの採掘作業は、昨晩をもって完了した。

掘り進んだ深度は地下4999メートル。

……ユンメルンゲンが言ってたよな。地下五千メートルに宝物《エネルギー》が埋まってるって。

……今日はその最後の一メートルを掘り進むセレモニー。

いわばテープカットにあたる開通式だ。

星霊降神祭と名付けられたこのイベントは、朝九時、つまり今まさに現地でイベントが始まったところだろう。

鉱夫たちは現地でそれを見届ける観客役だ。

世界中から記者が詰めかけて、観衆としてテレビに映ることもあるだろう。義姉二人はそのための支度で大忙し。

「……俺はテレビ映りなんかどうでもいいけど、やっぱ気にするもんなんだな」

「クロくんおまたせ！」

「クロ行くぞ！　これであたしもテレビに映ってもばっちりだ！」

家から飛びだしてくる双子の義姉。

どちらも服装は質素な私服だが、姉エヴはお洒落《しゃれ》のために唇に口紅を塗って、妹アリスローズは首にスカーフを巻いている。

「ってそれだけ⁉　口紅塗ってスカーフ巻くので一時間かかったの⁉」

「慣れてねーんだよあたしらは」

「そうよクロくん。スカーフの巻き方だって色々あるんだから」

「……そ、そっか」

大通りを歩きだす。

いつもなら悠々と歩いて行ける道が、今日は肩と肩が擦れ合うほどの人混みだ。

一般人は働いている時間帯。街を行き交うのはむしろカメラを抱えた記者たちと警備員の方が目立つだろう。

やがて見えてきたのはバリケード、そして一際《ひときわ》大きな人集《ひとだか》り。

採掘場「星のへそ」の入り口で。

「あ、遅いじゃない三人とも！」

観衆の一人として立っていたミュシャが、こちらを見つけて手を振ってきた。その奥には仕事仲間たちも並んでいる。

「いやぁアリスが支度に手間取ってよ」

「わ、わたしだけじゃないもん。姉さんだって！」

「――しっ。天帝陛下のお出ましだぞ」

そんな女子三人を静める班長役《リーダー》の青年ドレイクが、バリケードの向こう側を指さした。

いつもは鉱夫が顔パスで立ち入っている作業場も、今日は逞《たくま》しい要人警護官《シークレットサービス》が人の輪を作って警備中である。

彼らに囲まれて――

スーツ姿の中年男性が拍手とともに現れた。

背が高く細身、眉目《びもく》は鋭い。天帝ハーケンヴェルツ――この国の最高権力者がすぐ目の前を通り過ぎていく。

「うおっ。あれもしかして本物の天帝陛下!? 今こっち見たぞ!」

「わ、わたしも目が合った気がしたわ……!」

義姉二人のこそこそ話。

なにしろ帝都の住民にとっては、天帝という大人物をこんな近くで見る機会など一生に一度あるかないかだろう。

周りのカメラや新聞記者の視線が一斉に集中するなか。

「……あ」

自分《クロスウエル》だけは、天帝の後ろを歩いてきた「もう一人」の方を見ていた。

清楚《せいそ》な白の衣装の皇太子ユンメルンゲン。

愛らしい童顔に、太陽の光を浴びてきらきらと輝く青い髪をさらりと揺らして、大衆に手を振りながら歩いてくる。

一瞬——

目と目があった瞬間「ふふっ」と意味ありげに微笑《ほほえ》む皇太子。その笑みに気づいたのは自分一人に違いない。

「……天帝陛下を見られたのはいいけどよ」

パチパチと手を叩《たた》きながら、エヴ。

「なあクロ、あたしらはいつまで拍手しなきゃいけねぇんだ?」

「もうすぐ始まるよ」

要人警護官《シークレットサービス》に囲まれた天帝と皇太子が、地上昇降機《エレベーター》の前まで歩いていく。

用意されているのは台座とボタン。

「あのボタンが、地下の採掘場にある削岩機《ドリル》に繋《つな》がってるんだってさ。天帝陛下がボタンを押せば削岩機《ドリル》が作動する。それで地下五千メートルに到達だって」

「へえ。詳しいなクロ」

「……エヴ義姉さん以外、全員話を聞いてたからじゃないかな」

星霊降神祭。

新エネルギーが滞留している地底へ、最後は天帝自らが開拓するというわけだ。

「考えてみりゃずるいよな」

一足先に拍手をやめたエヴが、胸の前で腕組みしてみせる。

「地面に大穴を開けて499メートルまで掘ったのは鉱夫《あたしたち》だってのに、最後の1メートルっていう一番美味《おい》しい役を取られるのかよ。なあクロ」

「そういう不満が出るからボーナスが出たんだろ？」

「ああなるほど。なら仕方ねぇな」

渋々と頷《うなず》くエヴ。

そんなやり取りの間に、天帝と皇太子の二人がいよいよ台座のボタンに手をかけた。

カメラ撮影のためにじっくりと時間をかけて——

『皆さまご覧ください！』

『天帝陛下、皇太子殿下による、新たな時代の幕開けです！』

ボタンが押され、ファンファーレが鳴り響く。

が。

それだけだ。今まさに地下の採掘場では巨大削岩機《ドリル》が起動し、強固な岩盤を猛烈な勢いで削り進んでいるに違いないが、地上の自分たちには当然わからない。

一分が経過して。

二分が経過して。

「……思ったより迫力なかったかも」

ぼそりと呟《つぶや》いたのはミュシャだった。

「ていうかちっちゃなボタンを押しただけよね。ウチ頭悪いからよくわかんないけど、これで終わったの？　新エネルギーって出てきたの？」

誰からも返事はない。

誰一人として答えを持ち得ないからだ。地下五千メートルから「星霊」と呼ばれる力が本当に噴きだしたのかどうかなど誰にもわからない。

「────」

ふらりと。

観衆の中から、一人の少女が無言でバリケードへ歩きだしたのはその時だった。

エヴ・ソフィ・ネビュリスが。

「エヴ義姉さん⁉　どうしたんだよ！」

自分《クロスウェル》が呼びかけても返事がない。

こちらに振り向くこともなく、ふらりふらりと、まるで操り糸が千切れかけた人形のような不安定な足取りで要人警護官《シークレットサービス》の方へ近づいていく。

「……『声』……あたし……呼ばれてる……」

「む？　君、どうしたのかね」

「セレモニーを近くで見たい気持ちはわかるが、危ないから下がっていてくれ」

エヴに気づいた要人警護官《シークレットサービス》たち。

小柄な少女を止めようと話しかけて――

「……っ……い、嫌……やめて…………………………」

……余に……入ってくるなぁぁぁぁぁぁっっっ！」

皇太子ユンメルンゲンの甲高い悲鳴が、開通式の場に響きわたった。

膝をつき、大声を上げて頭を掻《か》きむしる。

……ユンメルンゲン⁉

……どうした⁉

明らかに尋常ではない。

クロスウェルが反射的に声を掛けようとした、その矢先に。

「い、異常事態だと⁉」

作業着姿の技術士が叫んだ。

通信機を耳に押し当てて他の技術士とやり取りしているのだが、あまりにも興奮しきった大声のため観衆にも筒抜けだ。

「地下五千メートルから凄《すさ》まじい光が噴きだした⁉　それが例の新エネルギーじゃないのか！……噴き上がってきて止められないだと。なら防護壁を起動しろ！」

星霊と名付けられた新エネルギーは正体不明。

万が一にも地上への影響を考慮し、地下の採掘場には合金製フィルターが何層にもわたって整備されてある。

大規模な噴火や間欠泉にも耐えうる壁だ。……が。

地の底から、爆発的な地鳴りが轟《とどろ》いた。

「……何だって……」

続く技術士の擦れ声。

「…………防護壁を……貫いて浮上中だと⁉……ぐあっ⁉」

地面がひっくり返されたような衝撃。

ビル群が大きく揺れて窓ガラスが割れ砕け、気づいた時には、クロスウェルを含む観衆は誰もがその場に膝を突いて倒れていた。

中には仰向けに倒れる者もいて、起き上がることもできないほどの震動だ。

何が起きた？

いや、何が起きつつある？

誰もが顔を蒼白《そうはく》にして周囲を見回しているなか。

ただ一人。

「……呼ばれてる……あたし……私……」

バリケードを越えたエヴだけが、虚《うつ》ろなまなざしで、地下の大穴を見下ろしていたのを自分は見た。

『き、緊急事態です！』

会場に響きわたる警報《サイレン》とアナウンス。

『皆さま全員速やかに退避を。どうか慌て――――』

消し飛んだ。

警報《サイレン》もアナウンスも何もかも消し飛ばす勢いで。

極彩色の光の奔流が、地下五千メートルを上昇して地上の大穴から噴きだした。巨大な噴水のごとく空高くに噴出して、虹にも似た光の軌跡を描きだす。

それは——

見るだけならば何とも幻想的な光景に見えたことだろう。

……これがユンメルンゲンの言う新エネルギー？

……この光ってるのが？

それが最後の光景。

クロスウェル・ゲート・ネビュリスが、「世界が変わる」前に見た最後の瞬間。

星霊と呼ばれた光が、地上の人間めがけて押し寄せてきた。

双子の義姉も、仕事仲間たちも、この場の何百人という観衆も、天帝も、皇太子も。

光の大渦に呑《の》みこまれて意識を失った。

Memory.『灯《ともしび》③　――日常が音を立てて崩れていって――』

1

…………

…………………

……俺は……何をしてたんだっけ。

目を開ける。

夢を見ていた記憶はない。目を閉じた瞬間のことも覚えていないままに、仰向けに寝ていることを自覚して天井を見上げる。

「……俺…………痛っ！」

清潔な白シーツのベッドから起き上がろうとした途端、後頭部に激しい痛みが。

仰向けに倒れて頭を強打でもしたのだろう。

そうだとして、自分はいつ何が理由で「倒れた」のだ？

「具合はどうですか？」

白衣の女性看護師が廊下から顔を覗《のぞ》かせた。

「よかった、そろそろ目が覚めると思っていました。いま先生を呼んだから診察に来てくれるはずです」

「――――」

ここは病院で、自分は入院患者として寝かされていたらしい。

それがおぼろげながら理解できてきた。

「自分の名前は思いだせますか？」

「……クロスウェル・ゲート・ネビュリス」

「倒れた時のことは？　あの爆発のこと覚えてる？」

爆発？

爆発とは何だ。自分がここにいることと関係があるのか？

……俺の家は、あのガラクタ屋敷《やしき》で……

……そこで義姉《ねえ》さんたちと暮らしてた。いや、でもそこじゃない。

倒れた理由。

自分は朝から家を出た。そして義姉二人といつものように鉱夫としてアルバイトに向かった気がする。

……いや違う。鉱夫のアルバイトは休みだったんだ。

……目標の地下五千メートルに到達したから。

鉱夫全員が地上に集まった。

「あっ！」

思いだした。

クロスウェルの脳裏に、あの爆発にいたる全光景が蘇《よみがえ》った。

「そうだ！　俺……降神祭とかいうセレモニーに出席してたんだ！　星霊とかいう新エネルギーを掘り出す式典だからって。でもそこで……」

光が噴きだした。

自分が見た光景として覚えているのは、そこまでだ。

地下五千メートルから噴き上がった極彩色の光が、噴水のように空へと昇っていった。

そう思った瞬間に、その光に呑みこまれた。

「……俺が意識を失ったのは、あの光の洪水に巻きこまれたから？」

「その通りです」

女性看護師がゆっくり頷《うなず》いた。

「あの爆発で多くの人が倒れてしまったんです。何百人という方が一斉に意識を失ったというニュースが飛びこんできた時は病院側《わたしたち》も慌てましたが……不幸中の幸いか、どうやら原因は強烈な光と音の一時的ショックによるものでした」

「命に別状は……」

「その恐れはないと、帝国議会から世界各国に向けて報道されました」

「………」

「ご安心ください。この病院でも同じ結論です」

女性看護師が病室を指さした。

空っぽのベッドが三つ。もともとは四人用の部屋だが患者は自分だけらしい。

「この部屋も、他の三人はとっくに目が覚めて退院済みですよ」

「もうみんな退院？　じゃあ俺が最後……？」

「はい。クロスウェルさんが四日間ですね」

看護師がくすっと微苦笑。

「この病院に運ばれてきた患者は五十三人。ほとんどが翌日には目を覚まして、精密検査の結果、異常なしとの診断で退院できました」

「……あの、俺の義理の姉さんたちはどうなってますか」

「お名前は？」

「エヴとアリスローズです。どちらも俺と同じネビュリス姓で」

「退院してますよ」

こちらが拍子抜けするくらいの即答だ。

自分が目を覚ました時に当然気にする事柄だから、この女看護師も最初から下調べしてくれていたのだろう。

「……良かった。それ聞けて安心しました」

ごくごく胸の内で。

皇太子《ユンメルンゲン》はどうなってますか——と訊《たず》ねたい衝動を、クロスウェルは無言で堪《こら》えた。

……俺と同じ病院に入院してるわけないし。

……俺が迂闊《うかつ》なことを喋《しゃべ》ったら皇太子《アイツ》に迷惑がかかるもんな。

十中八九、無事だろう。

もしも天帝や皇太子に万が一でも起こっていれば大騒ぎになっている。自分たち患者への扱いも「即退院」にはならないはずなのだ。

だから良かった。

あれだけ大規模な爆発で犠牲者が出なかったのは奇跡に等しい。

「一つ聞いていいですか。俺たちが浴びたあの光って、地下の採掘場から湧き上がってきた新エネルギーってことですか」

「帝国議会はそう発表しています。人類は素晴らしい資源を手に入れたと」

「……あれだけの事故があったのに？」

「あれだけの爆発で犠牲者がゼロでした。新エネルギー『星霊』が人体に無害であるということが幸いしたという報道でしたよ」

「……まあ確かに」

そう言われれば反論のしようがない。

あの光の爆発――

あれが同規模の炎や熱波であれば、開通式に集まった千人以上が犠牲になっていたはず。にもかかわらず犠牲者はゼロ。

強烈な光を浴びて一過性の意識消失こそあれど、身体《からだ》には傷一つない。

――星霊は無害の新エネルギー。

帝国にとっては思いがけぬ好転だろう。

未曽有の災害になりかねなかった事故が、世界各国に向けた宣伝に転じたのだ。

「わかりました。義姉さんたちが退院できてるなら俺も安心して退院できる」

「一応言っておくと、退院できるかどうかは精密検査の結果次第ですよ？　クロスウェルさんは倒れた時に頭も打ってますし」

「あ、そっか。実は頭の方はまだ腫れがひいてなくて」

まだ頭がズキズキと痛む。

反射的に後頭部に手で触れて、そのまま何となく首元にも手をやって――

「っ？」

違和感。

痛みや異物感ではなかった。ただ本能的に「今までと違う」感覚があったのだ。

「あの……鏡ってありますか。手鏡くらいの小さいのでいいので」

診察用の手鏡を借りて首元を映す。

そこには自分の見慣れぬものが映っていた。一見すれば痣《あざ》のように見えるが。

――濃い紫色の螺旋《らせん》円環。

打ち身の痣？

それにしてはあまりにも紫の色が強いうえに、模様が具体的すぎる。

……何だこれ。

……俺こんな場所、倒れた時にぶつけたか？

触っても痛みはない。

そんな自分の首元を覗きこんで、女性看護師がわずかに目をみひらいた。

「あら？」

「あなたもできてますね」

「……え？」

「病院に運ばれてきた五十三人で、十数人に似たような打撲痕ができてたんです。あの爆発との関わりがあるかどうか、帝国議会が近く医療チームを結成して調べるとか。あなたの痣は何か症状がありますか？」

「……いえ何にも。むしろ頭の方が痛いけど」

打撲痕？

こんな綺麗《きれい》な痣ができるもんなのか？

病院に運ばれてきた五十三人のうちの十数人に共通する痣。

あの爆発に巻きこまれた者はざっと千人近くいたはずだから、他の病院に運ばれた大勢の患者も気にはなるが。

「まさか俺、この痣が消えるまで退院できないとか……」

「精密検査に異常がなければ経過観察扱いで退院できますよ。他にご質問は？」

「……大丈夫です」

「では私はこれで。何かあったらいつでも報《しら》せてくださいね」

看護師が去っていく。

四人用の入院部屋にたった一人で残されて。

「……何なんだこれ」

首筋にできた痣。

原因らしきものは、あの爆発で星霊の光を浴びたことしか思い浮かばない。

……そんなはずないよな。

……だって帝国議会は、星霊は無害だって公式発表をしてるんだぞ。

わずかな不安。

頭の片隅にこびりついて離れない嫌な感覚で一晩を過ごして――――

翌日。

精密検査を完了《パス》したクロスウェルは、何事もなかったかのように退院した。

「クロくん退院おめでと――――っ！」

「おせーぞクロ。すやすやと五日間も病院で寝てやがって」

五日ぶりの帰宅。

クロスウェルを出迎えたのは最高に愛らしい義姉の笑顔と、最高にあまのじゃくな義姉の憎まれ口だった。

「……この落差だよなぁ」

懐《なつ》かしい。

五日ぶりの日常が不思議とほっとする。

「義姉《ねえ》さんたち、俺よりだいぶ早く退院してたんだろ」

「ええ。わたしがクロくんより二日早かったわ。エヴ姉さんはあの爆発の日のうちに目を覚まして元気に病院を歩き回ってたみたいだけど」

「早っ⁉」

「……ふんっ。貧弱なクロとはちげーからな」

あぐら座りで床に座りこんだエヴが、自信満々に腕組み。

「こっちは大変だったんだぞ。あの大爆発に遭った被害者ってことで、病院を出た途端にカメラに囲まれてよ。あの光を浴びた状況はとか身体の具合はどうですかとか根掘り葉掘り聞かれて大騒ぎだっての」

「エヴ姉さんが一番早く目を覚ましたから、みんな姉さんに詰めかけたのよね」

アリスローズがくすっと微苦笑。

その優しげなまなざしを見つめて——ふと、義姉の目が赤く充血していることにクロスウェルは気づいた。

「アリス義姉さん、目が腫れてないか」

「ああこれ？……うん、ちょっと昨日一昨日と寝不足だったの」

目のあたりを押さえて義姉が照れ笑い。

「あ、でも大したことないからね。クロくん優しいから心配してくれて嬉《うれ》しいけど、すぐ治るから」

「……寝不足って」

「寝付けなかっただけよ。昨日一昨日が暑くて寝苦しかったから」

アリスローズがさりげなく目をそらす。

——これ以上は聞かないで。

優しい義姉にそんな仕草を見せられれば、自分としてもこれ以上は訊ねられない。

「おいクロ、だからってあたしの顔を覗《のぞ》きこむな」

「……いや一応。アリス義姉さんが寝付けてないって言うし、エヴ義姉さんは大丈夫かなって思うのが当然だろ。でも平気そうだな」

「――――」

きょとんと真顔になるエヴ。

一瞬、何を言われたのかわからないというように目をぱちくりと瞬《まばた》きさせて。

「クロのくせに生意気だ！」

「あ痛っ⁉」

殴られた。

心配した方の自分がなぜか殴られた。

「あたしの事よりてめーの身を心配しろってんだ。ったく。虚弱なお前やアリスと違って、あたしは風邪一つひかねーっつぅの」

ふん、とエヴが腕組み。

「スーパーで特売の時間だ。あたしが行ってくるから、クロとアリスは家で待ってろ」

「あ、姉さんそれならわたしも――」

「あたし一人でいい。いいな？　アリスは寝不足ならおとなしく休んどけ。クロも。退院したてに無理してぶっ倒れられたら困るんだよ」

「…………」

「…………」

そんなエヴの返事に。

自分《クロスウエル》とアリスローズは、思わず顔を見合わせていた。

「ん？　何だお前らその反応？」

「いやぁ別にぃ」

「エヴ姉さんのそういう子供っぽいところ、わたし好きだなぁ」

「な、何が子供っぽいだ⁉　どう見てもお姉さんっぽいところだろ！　おいこらアリス、なにニヤニヤしてやがる！……ああもう知るか！」

顔を真っ赤にしてエヴが外に飛びだしていく。

そんな愛らしい背中を、クロスウェルはアリスローズと仲良く見守ったのだった。

──そう。

あの光の大爆発があってもまた、いつも通りの日常がくるのだと。

自分《クロスウエル》はそう信じて疑わなかった。

まだこの時は。

2

夜が更《ふ》けていく。

よどんだ蒼穹《そうきゅう》が黒の帳《とばり》に塗りつぶされて早数時間。帝都の街からも一戸また一戸と灯《あか》りが消えていく。

大通りを賑《にぎ》わしていた車の走行音も消え入って。

鳥の声も虫の音も聞こえない。

帝都の人々、いや帝都そのものが寝静まった真夜中に――

……何だ？

クロスウェルが目を覚ますきっかけは、わずかな物音だった。

カサッという衣擦《きぬず》れの音。

続いて誰かが床に転がるような振動と、押し殺したような低いうめき声。

それは――

自分が寝ているすぐ隣からだった。

「……ぁ……っ……う……い、いや……熱い……やめ……」

アリス義姉さん？

真っ暗なリビングでほとんど何も見えない。

苦悶《くもん》の声はすぐ隣に寝ているはずの義姉だ。数センチ先も見えない真っ暗闇のなか息を呑《の》んで目を凝らす。

——その必要はなかった。

ぼうっ、と。

自分の目の前におぼろげな光が浮かび上がり、義姉の姿を映しだしたのだ。

「アリス義姉さん⁉」

「……………っ……………ク……………ロ……………」

青ざめた少女が振り返る。

義姉アリスローズは、寝間着を脱ぎ捨てたあられもない姿でそこにいた。肌につけているのは下着だけ。

その首筋から、背中から、大粒の汗が滝のように滴《したた》り落ちているではないか。

「義姉さん⁉　どうしたんだ！」

「……………クロ……くん……………」

荒らげた吐息を繰り返す義姉が、潤んだ瞳をこちらに向けた。

「身体《からだ》が……熱いの……」

「風邪？」

「……違うの……そんなんじゃない……身体の奥にマグマを流し込まれたみたいに、火傷《やけど》しそうなくらい熱くて……」

「何だって？」

脳裏をかけめぐる、昼間のやり取り。

〝アリス義姉さん、目が腫れてないか〟

〝ああこれ？……うーん、ちょっと昨日一昨日と寝不足だったの〟

寝不足の正体は、これか。

「何が暑くて寝苦しかっただ！　アリス義姉さん、いつからだ！」

「…………」

「とにかく急いで病院に——っ⁉」

腕を摑《つか》まれた。

声も上げられないほど息を荒らげて苦しんでいる義姉が、必死の形相でこちらの手首を摑んできたのだ。

——やめて、と。

病院には行きたくないと。なら、それはどうしてか。

答えは義姉の左肩にあった。

義姉アリスローズの左肩に浮かび上がる緑色の痣《あざ》。部屋をおぼろげに照らす光は、その痣から放出されていた。

「……っ、それは⁉」

……俺の首にできたのと同じ痣⁉

……いや違う。俺のは紫色だけど義姉さんのは緑色⁉

かたちも違う。

自分の痣はねじれた螺旋《らせん》型だが、義姉のものは丸みを帯びたハート型を想《おも》わせる。

……俺だけじゃなくアリス義姉さんにも痣ができてる。

……待てよ、ならエヴ義姉さんは？

「エヴ義姉さん！　大変だ、アリス義姉さ――」

言いかけた言葉が詰まった。

なぜエヴが起きていない？

これだけの大声で喋《しゃべ》っていることへの無反応も異常だが、妹が夜な夜なこれだけ苦しんでいることに気づかない姉ではないはずだ。

「──呼ばれている」

幼さの残る声。

振り向いたクロスウェルの眼前で、窓のカーテンがさっと開いた。さしこむ月明かり。

青白い光に照らされて、日焼けした褐色の少女が立っていた。

「エヴ義姉《ねえ》さん？」

「────」

無反応。聞こえていないのか？

見開くように大きく開けた両目で外を見つめていたエヴが、突如として動いた。

薄い寝間着。素足のまま。

開けた窓を飛び越えるや、大通りを颯爽《さっそう》と歩きだしたのだ。

「おい、どこへ行くんだエヴ義姉さん！　アリス義姉さんが大変なんだぞ！」

返事はない。

その遠ざかっていく背中を見て、クロスウェルの頬を冷たいものが過《よぎ》っていった。

──暗色の痣。

薄い寝間着の生地ごしに、ぼんやりと輝く暗色の痣が浮かび上がっていたのだ。

それも背中を埋めつくすほどに大きい。

……エヴ義姉さんの背中にも同じ痣が浮かび上がってる。

……何なんだ。何が起きてるんだよ！

直感で悟った。

この痣のせいだ。義姉アリスローズが熱にうなされているのも、義姉エヴが自我を失った人形のようになっているのも。

……俺もそうなるのか？

……いや、そんな事を考えてる場合じゃない！

双子の姉妹を助けなければ。

熱にうなされる妹と、自我を失って家を飛びだした姉。自分一人では片方しか手が回らない。どちらを優先する？

「っ！……悪いアリス義姉さん、必ず十分以内に戻ってくるから！」

荒々しい息を繰り返す妹を寝かせる。

先に対応すべきは姉だ。

……エヴ義姉さんの背中の痣は、俺やアリス義姉さんの比じゃないくらい目立つ。

……あんなの他人が見たら大騒ぎになる。

夜に輝く痣なんてありえない。

十中八九、他人からは不気味がられるに決まってる。ただでさえ五日前の事故に巻きこまれた者として、大騒ぎになるかもしれない。

「ああもう、どうなってんだよ！」

着替えている暇はない。

寝間着の上から上着を雑に羽織った姿で、クロスウェルは外に飛びだした。

どこだ？　どっちへ行った？

「そっちか！」

闇夜のなか、薄暗い街灯に照らされた金髪の少女がかろうじて見えた。

寒風吹きすさぶなか、小柄な背中を追いかける。

——既視感。

昼間に自分が通ってきた大通り。

この先には自分が入院していた病院があって、その途中には——

「まさか⁉」

向かう先には心当たりがあった。

自分の首に、アリスローズの肩に、そしてエヴの背中に謎の痣ができたキッカケである、あの大爆発が起きた場所。

「星のへそか！」

二重三重に張り巡らされたバリケード。

あれだけの大爆発が起きたのだから当然だ。未知のエネルギーがまた噴出する可能性がある以上、人間を近づけさせないための処置に違いない。

だが――

鋼鉄の網とワイヤーが引きちぎられていた。

「……え？」

特殊器具でしか切断できない合金ワイヤーが、監視カメラのケーブルごと凄《すさ》まじい高熱で炙《あぶ》られたようにドロドロに溶けて引きちぎられていたのだ。

鋼鉄の網もそう。

ちょうど小柄な少女が通れるサイズの穴が開いている。

……おい……嘘《うそ》だよな。

……まさか義姉さんがやったとか……そんなわけ……ないよな……。

人間業《わざ》じゃない。

合金ワイヤーを引きちぎる以前に、どうやって溶かしたというのだ。

そして。

あの膨大な光が噴きだした大穴の前に、エヴはいた。


月明かりを浴びて。

褐色の肌に浮き上がる背中の大痣。きらきらと輝く金髪をなびかせて。ぽっかりと開いた地上の大穴を覗《のぞ》きこんでいる。

「義姉さん、俺だ！」

届かないかもしれない。

だがこうして声をかける以外、今の自分には思い浮かばなかった。

「何度だって言うぞ、アリス義姉さんが大変なことになってる。今すぐ俺と一緒に家に帰ってくれ！」

「────」

「頼む義姉さん！」

「誰だ」

「え？」

お前は誰だ。

この状況で義姉からそう言われることも、心のどこかで覚悟はできていた。だが義姉の口から飛びだしたものはさらに不可思議な――

「あたしは誰だ」

「……え？　おい、どういう意味だよ！　エヴ義姉さん⁉」

「あた……わた……あたし……は……何だ……に、人間……星霊……？」

小柄な身体《からだ》の、か細い四肢がふるえだす。

頭を抱えて身体を折り曲げて。

「……あたし……私……」

薄地の寝間着ごしに、その背の痣がいっそう強く光り輝いて――

噴火のごとく膨大な光が噴きだした。五日前にここで起きた大爆発の光に勝るとも劣らない輝きの奔流が。

「なっ⁉」

決定的だ。

ヒトの肉体から光が噴きだすなんて、そんなのは異常を通りこした怪奇現象だ。

……ただの痣なんて説明じゃ済まされない。

……俺たちの身に異変が起きてる。この痣は、その異変の徴《しるし》なんだ！

義姉エヴの痣は誰よりも大きい。

それがエヴに影響しているのも間違いない。だがどうすればいい。

「…………ク……ロ……逃げ……ろ！」

「えっ⁉」

「あ、あああああああああああっっっ！」

小柄な身のどこにこれだけの声量を秘めていたのか。それだけの叫び声を上げてエヴ・ソフィ・ネビュリスが絶叫した。

その全身から、何百もの閃光《せんこう》が放たれた。

音はなかった。

クロの頬を掠《かす》っていった閃光の一筋が、この採掘場にあった鉄柱を跡形なく蒸発させて空へと消えていく。

空へと飛翔《ひしょう》した閃光が雲に触れた瞬間、その雲まで消し飛んだ。

「……冗談だろ」

いったいどれほど高熱であれば、あの太い鉄柱を消し飛ばせるのか。

それが数百も。

たまたま上空に放たれたから良かったものの、もしもこの閃光の雨が地上に向けられていれば、帝都の街区が丸々一つ消し飛んでいただろう。

「……クロ……助けて……」

「……義姉さん？」

小柄な少女がすぐ目の前に。

膝をつき、こちらの服の裾を両手でぎゅっと握りしめ、そして懇願するような弱々しい面持ちで見上げてきていた。

「……あたし……こんなの……嫌だ……」

ゆっくりとくずおれていく。

最後まで服を握りしめたまま、義姉エヴは、その場で意識を失った。

3

翌朝。

双子の返事に、クロスウェルは言葉を失った。

「え？　何いってんだクロ？　あたしがこの窓から外に飛びだした？」

「わたしが夜にうなされてた？……ごめんね。全然覚えてないの」

姉妹は覚えていなかった。

昨日の夜に何が起きたのか。彼女たちが唯一実感できているのは「何となく寝不足」だという程度の気怠《けだる》さのみ。

……アリス義姉《ねえ》さんはあんなに苦しんでたのに。

……エヴ義姉さんも、あの採掘場の出来事を一欠片《かけら》も覚えちゃいない。

記憶の欠落。

今すぐ医者に連れて行く？　だが姉妹は数日前に精密検査を受けて「異常なし」として退院した身である。病院でも解明できるとは思えない。

……原因は明らかなんだ。

……あの大爆発の光を浴びて、そこにいた人間に奇妙な痣《あざ》ができておかしくなった。

うっすらと輝く痣。

自分《クロスウェル》もエヴもアリスローズも、誰一つとして同じ色や形ではない。

「おいクロ、どうしたんだそんな黙ってよ」

エヴが背中を叩《たた》いてくる。

夜のあの錯乱状態が嘘のように、いつもの元気あふれる姿だ。

「お前あの大爆発が気になってるのか？」

「……正直だいぶ気になってる」

「そっか？　あたしたちにとっちゃ次の仕事場を探す方が大事だけどな」

星のへその採掘作業は終わった。

鉱夫仲間もバラバラになり、また帝都で新しい仕事につくことになるだろう。

「……義姉さん、テレビつけていいかな」

「どうせどのチャンネルもあの爆発の特集だらけだぜ？」

「それが見たいんだよ」

「前の情報の繰り返しで代わり映えしねーって。まあ今日は暇だからいいけどよ」

部屋の隅のテレビをつける。

入院時も、そして昨日も、流れるニュースはあの事件の特集ばかり。ただしエヴの言うように新情報はなかなか出てこない。

……俺が欲しいのは痣の情報だ。

……俺と同じように気になってる奴《やつ》らが、そろそろ現れてもおかしくない。

瞬《まばた》きさえ惜しんでテレビを見つめて。

『第五十四次・地源観測点の大爆発の続報です』

『通称「星のへそ」と呼ばれた現場では、地底から新エネルギーを取りだす作業を行っており、事件はその開通式で起きました』

『帝国議会によると、これは地底から新エネルギーが噴出したためで――』

『専門家はこれを「未解析気霊噴出事件《ボルテックス》」と命名』

『この未解析気霊噴出事件《ボルテックス》の被害者は784人。つい先ほど全員の退院が確認されました。命に別状はないとのことです』

「な？　どうでもいい情報だけだって」

寝っ転がりながらエヴが嘆息。

「なーにがボルテックスだっての。爆発の名前とかどうでもいいんだよ。こっちは仕事がなくなって大変だっつぅのに」

「でも……みんな無事みたいでよかったわ」

ほっと胸をなでおろすアリスローズ。

「あんなに大きな爆発だったけど、派手なのは光と音だけで。星霊っていうの？　そのエネルギーが無害で本当によかったわ」

無害？

本当に無害なのか？

「…………」

姉妹に気づかれぬ程度に、さりげなく自分の首に手で触れる。

痣のある場所。

触っても違和感はない。痛みも何も感じないが、「そこにある」という事だけは奇妙なほどに確信がある。

『続いて新情報です！　昨夜飛びこんできた新映像をご紹介します！』

昨夜の新映像？

その単語に、思わずエヴへと振り返った。

まさか昨夜のアレが誰かに見られたか？　いや、だとすれば報道陣なり警察なりがこの家に押しかけてくるはずだ。

『映像は、第五十四次・地源観測点で働いていた十四歳の少女です。彼女は未解析気霊《ボルテ》噴出事件《ツクス》の光を浴び、つい先日まで入院生活を続けていました』

エヴと近い背格好の少女だ。

ややカール気味の巻き毛が特徴的な茶髪で、初めて映るであろうカメラを前にしてやや恥ずかしそうに縮こまっている。

「あら、ミュシャちゃん？」

「ミュシャじゃねえか！」

アリスローズ、エヴが揃《そろ》って目を丸くした。

テレビに映っているのは仕事仲間の少女だ。彼女も未解析気霊噴出事件《ボルテックス》に巻きこまれて、自分たちとは別の病院で手当てを受けていたはずだが。

「なんでテレビなんか出てんだ……ん？」

エヴが目を凝らす。

テレビに映るようミュシャが自分の掌《てのひら》を広げてみせた。

赤い痣。

自分たちと同じような痣がミュシャの掌にもある。だが驚くべきは次の瞬間――

紅蓮《ぐれん》の炎《ほのお》が、掌の痣から噴き上がった。

「なっ⁉」

「……えっ？」

「はぁっ⁉　ちょ、ちょっと待てなんだ今の！　おいどんな手品だよ⁉」

エヴがテレビに向かって吼《ほ》えた。

全世界の視聴者がまったく同じ疑問を抱いたことだろう。

何だ今のインチキは、と。

『手品や化学トリックではありません』

『未解析気霊噴出事件《ボルテックス》で入院していた方々に、この痣が現れているのです。あの事件で、星霊と呼ばれる新エネルギーを浴びた方々です！』

遂にきた。

「――――」

つっ、と頬を滴《したた》り落ちる冷たい汗。

遂《つい》にこの痣に注目する者が現れだした。この痣を発症した者に異様な力があることは、自分も昨夜のエヴで目《ま》の当たりにしたところだ。

……ミュシャもってことは、やっぱり俺たち家族三人だけの問題じゃない。

……これは、あの場に居合わせた全員に関わる現象なんだ。

遂にテレビで全世界に放送された。

「お、おいアリス。お前ちょっと肩見せろ！」

「きゃっ⁉」

シャツの襟をめくって、妹の肩を凝視する姉。

ミュシャとは別種の痣がそこにある。

「……アリス。お前もあんな事できるのか？」

「で、できないわよ！」

ぶんぶんと首を横にふる妹。

「姉さんこそ！」

「あ、こらアリス⁉」

今度は妹の番だ。姉の着ているシャツを大胆にめくりあげる。背中一面を覆い尽くすような暗色の痣を見つめて。

「……姉さんの痣、大きくなってない？」

「し、しらねーよ！　できちまったもんは仕方ねえだろ。でもあたしだってミュシャみたいな手品……はできねーよ！」

エヴの発言は、半分正しく半分不正解だ。

炎は出せないのかもしれない。だが自分《クロスウェル》は、エヴの全身が光り輝いて、とてつもない威力の閃光《せんこう》が何百と放たれたのを目撃している。

ミュシャどころの規模《ちから》ではない。

「……わたしたちの痣《コレ》、何なのかな……」

自らの肩を押さえてアリスローズがぼそりと呟《つぶや》いた。

「……姉さん」

「知るかっての！　さっき言っただろ。こんなのあたしらに勝手にできただけじゃねえか。医者だろうが学者だろうが勝手に研究すりゃいいんだよ！」

エヴはなかば開き直りだ。

「次の働き先を決める方が大事なんだよ。それだけ考えてりゃいいんだ！」

が。

——社会はそれを許さなかった。

テレビ放送の翌日から。

未解析気霊噴出事件《ボルテックス》の光を浴びた被害者に「痣」ができた者がいないかどうか、何十人という新聞記者やテレビ局の取材班が押し寄せてきたのだ。

それも毎日。

迂闊《うかつ》に外に出ようものなら、何十人という取材班につきまとわれる毎日だ。

「くそ、ふざけんな！　こっちは見世物じゃねえんだぞ！」

さすがのエヴも困惑が隠せない。

アリスローズにいたっては、世間から見張られる緊張から体調を崩し始めてしまった。

「……エヴ姉さん。これ以上来ないでってお願いしていいかな」

「バカ！　そうやって顔を出したところをカメラに映されて放送されるんだよ。ああいう報道記者があたしらの身なんか気にするわけねえだろ！」

二十四時間監視された囚人同然だ。

このままではスーパーへの買い出しもできず、日常生活もままならない。

好転させるには？

このテレビ局や新聞記者たちを制止し、再び元の生活ができるようになるために。

毎日、毎晩、寝るのも惜しんで考えて。

「……アイツだ」

脳裏に浮かんだのは、人なつこい笑顔の「話し相手」だった。

皇太子ユンメルンゲン。

あの未解析気霊噴出事件《ボルテックス》に自らも巻きこまれた当事者であるからこそ、この事件の情報を誰よりも集めているはずなのだ。

……アイツも俺たちと同じように入院したのか？

……容態も気になってたんだ。ここのところ音沙汰無いし。

こちらからは連絡しない。

その原則も、今回ばかりは事情が事情だ。

「ユンメルンゲン！　頼む、出てくれ！」

わらにも縋《すが》る思いで通信機を握りしめる。

だが何十回かけようが、連絡が繋《つな》がることはない。

「ああそうか仕方ないよな。アイツも忙しいだろうし…………………………

……………で、済まされるわけないだろ！」

耐え忍ぶのも限界だ。

双子も、姉《エヴ》に疲労が溜《た》まりつつあり、妹《アリスローズ》は身体《からだ》を壊して寝こんでいる。この状況を打破するためにはユンメルンゲンの協力がいる。

「『いつでも使っていい』って、そう言ったのはお前だからな！」

会いに行こう。

天守府に繋がる、あの秘密の抜け道で。

4

天守府。

帝国でも一握りの要人だけが、厳重な身分証明を経て入ることを許される天帝の宮。

その警備と監視の目を通り抜けて。

「……二度目でも緊張するよな」

クロスウェルは、ステンドグラスの輝く絢爛《じゅんらん》な廊下を見わたした。

一回目と同じだ。

徒競走ができるくらい広くて長い廊下。時折、警備員らしき者が通り過ぎていく。

──黄金色の意匠で飾られた大きな扉。

言うまでもなく皇太子ユンメルンゲンの部屋だ。ただし当然外からは開かない。内側、つまりユンメルンゲンに開けてもらう必要がある。

「……だっていうのに応答なしか」

通信機に返事はない。

「おいユンメルンゲン！　部屋にいるんだろ⁉」

廊下を通る警備員に聞こえてしまう危険も承知で、声を張り上げた。

続けざまに扉をノック。それを伝えようと何度も何度も名を呼んで扉を叩《たた》く。

ここに自分がいる。

……ここまでやっても返事なしかよ。

……通信機にも出ないし、もしかしてアイツはまだどこかで入院中なのか？

そうなればお手上げだ。

ここまでやってきたというのに、肝心の皇太子が不在かもしれない。

「くそ、いないならいないって返事しろ……！」

破れかぶれに扉を全力で押し込んだ。

見上げるほど巨大な自動扉だ。人力でこじ開けるのは不可能。大型トラックの衝突でもない限りビクともしまい。そうわかっていた。

そのはずが——

So E lu emme xel noi Es.《わたしを受け入れて》

誰かが囁《ささや》いた。

誰の声だ？　そう疑問に思う間もなく、眩《まぶ》しいほどの光が突然灯《とも》った。

紫色の輝きが。

「……俺の痣《あざ》が⁉」

目の前を照らす光は、自分自身の首の痣から噴き上がっていた。そう気づいた直後に、異変が起きた。

ギチッ。

力いっぱい押している扉の接続具が軋《きし》み、扉が少しずつ開いていく。

「……なっ⁉」

ただただ強引な力業《ちからわざ》で機械扉をこじ開けつつある。

何十人という人間が一斉に押そうとビクともしないはずの、皇太子の部屋の扉がだ。

……俺の腕力どうなってるんだよ……。

……まさか、そういう、こと、なのか⁉

既に、自分にも超常の力が宿っていたのだ。

ただし発覚が遅かった。ミュシャの炎やエヴの閃光のようにわかりやすい超常現象でないぶん、気づくキッカケが無かっただけ。

「……俺の身体も……どうなってるんだよ…………」

だが後回しだ。

開いた扉のスキマから急いで潜りこむ。

ホテルのスウィートルームさながらの、豪奢《ごうしゃ》な部屋へ。

「ユンメルンゲン！　いるか！」

『……………クロ？』

か細い声がした。

広々とした部屋の隅にある、天蓋付きのベッドから。

「よかった、いたのかユンメルンゲン。いきなり入ってきたのは悪いけど、いま帝都が大騒ぎになってる。俺や家族もだ。お前が何か知らないかって――」

『来るなっ！』

「っ？」

『……来ないで……来ちゃだめだ……お願い、見ないで』

見ないで。

その聞き慣れない言葉の違和感に、無意識のうちにベッドの方を凝視してしまった。

薄地のカーテンの向こうに透けて見える影。

ベッドの上で毛布が膨らんでいるのが見て取れる。だがアレは何だ？

毛布からはみ出した、大きな銀色の尻尾。

毛布の中に動物がいる？

猫の尻尾にしては大きすぎるし、狐《きつね》が人間の部屋にいるのも不自然だ。さらに言えば、肝心のユシメルンゲン本人はどこにいる？

「ユンメルンゲン、どこだ？」

『…………』

「ベッドの上にいるのはお前のペットか？　狐なのか猫なのか知らないけど」

『っ』

その瞬間、毛布の膨らみの中にいる「獣らしきもの」がビクッと震えた。

「おいユンメルンゲン？」

わずかな沈黙を隔てて。

『…………触れちゃいけなかったんだ』

ユンメルンゲンの声は、ベッドの上から聞こえてきた。

『星の中枢から噴きだしたのはエネルギーじゃない。意思を持った幾万幾億の星霊たち。それが人間に取り憑《つ》いたんだ。その力はあまりに強すぎて、完全に融合しきってしまうと人間でいられなくなる』

「ん？」

どういう意味だ。

噴きだしたのはエネルギーじゃない？　星霊が取り憑くとは。

『……人間じゃなくなるんだ』

「おいユンメルンゲン、何を――」

『メルンのように』

毛布が宙に舞った。

それを目で追ったと同時、首と背中を襲った猛烈な痛みに、意識が暗転しかけた。

「……がっ⁉」

気づけば。

自分《クロスウェル》は、首を鷲《わし》づかみにされて壁に押しつけられていた。

『あはっ！』

「お前っっ⁉」

皇太子ユンメルンゲンの面影がある。

だが自分《クロスウエル》の首を押さえ込んでいたものは、怪物だった。

美しい青髪は銀髪へと変わり果て、その全身には狐のような豊かな体毛と、獰猛《どうもう》な爪と牙。そして下半身には尻尾が生えているではないか。

おとぎ話に出てくる獣人さながらの怪物。

『人間みつけた。ねえメルンと遊ぼうよ』

ユンメルンゲンだったものがそう言った。

余という一人称ではなく「メルン」という自称へ。

さらにクロという愛称が「人間」へ。

「お前!?」

『メルンはメルンだよ。人間で星霊で、ごちゃまぜだ』

嬉《うれ》しそうに首を締めつけてくる。

背中を押しつけられた壁が、あまりの圧力に耐えきれず、ミシッ、と罅《ひび》が入っていく。

常人ならば背骨が跡形なく粉砕されていただろう。

――皮肉にも。

我が身に宿った超常の膂力《りょりょく》に、命を救われた。

『あはっ。人間、頑丈だね』
「……ああそうさ！　望んでこうなったわけじゃないけどな！」
首を摑《つか》んでくる手を、逆に摑み返した。
「こっちだって頭に来てんだよ。訳のわからないことばかりで！」
心のどこかで覚悟はできていた。
双子の姉妹に異変があった。自分の身までおかしくなった。
……ならこいつだって例外じゃない。
……あの爆発の中心地にいたからな。何かが起きてるって思ってたさ！
その覚悟があったから。
この状況でも、ぎりぎり冷静さを繋ぎ止めることができていた。
「いい加減に目を覚ませ！」
手首を摑みあげ、力いっぱい投げ飛ばす。
床へ。
だが床に叩きつけられる寸前に、銀色の獣人は猫のような俊敏さで身をひるがえした。
楽々と床に着地するや、再び飛びかかってくる。
ナイフのように鋭い爪を振りかぶって——

『寄こせ』

その爪が、こちらに触れる寸前に止まった。

「ユンメルンゲン？」

『……この肉体は……余の……メルン……余の……メルンの……』

銀色の獣人が止まった。

その場で膝からくずおれて、自らの頭を抱え、小刻みに震えだしたのだ。

何が起きた？

なかば呆然《ぼうぜん》とそれを見つめる自分へと。

『……………クロ、……』

頭を抱え込んだまま、銀色の獣人が、擦《かす》れた声でそう言った。

クロと。

先までの人間呼ばわりではなく、ユンメルンゲンとしての愛称で。

『……扉を……閉めて……』

「っ！　わかった！」

入ってきた時の扉を慌てて閉める。

この騒音を聞きつけた警備員がやってくる前に。

『……大丈夫……もう、しばらくは大丈夫だか……ら……』

皇太子が、床にぺしゃんと座ったまま顔を上げた。

自らが締めつけた赤く腫れ上がった自分《クロスウェル》の首と、そして獣へと変わり果てた自らの姿を交互に見つめて。

『……もう……何て言えばいいかわからないよ……ごめんよクロ……』

今にも泣き出しそうな声で、皇太子ユンメルンゲンはそう口にした。

『……見てよこの姿……ひどいもんだろ……こんな爪と牙と……毛むくじゃらの姿で……たった一晩でこのザマなんだ』

「ユンメルンゲン」

『……なんだい』

「俺は、この一連の現象はお前が一番詳しいと思ってる」

ぴしゃりと。

ユンメルンゲンの自虐めいた呟《つぶや》きを、遮った。

「お前だけじゃないんだ。同じような異常が何百人単位で発生してる。俺も俺の家族も。

あの採掘場で働いてた仕事仲間もだ」

『…………』

「だから俺は、お前の話を聞きに来た。できるだけ前向きな話をしたい」

『……クロは能天気だねぇ』

銀色の獣人が弱々しく微苦笑。

『こんな状況だよ？　もうちょっと慌てたり混乱したりするものじゃないかな？』

「事実慌てたし混乱した。もう感覚が麻痺《まひ》してる」

『……ま。この姿を見て嫌わないでいてくれるのは……何というか嬉しいよ』

頭から突き出た自分の耳を撫《な》でながら。

ユンメルンゲンがふっと表情をやわらげた。

『せっかく来てくれたんだもんね。仕方ないから付き合ってあげる。ただその、一つだけお願いがあってだね……』

「何だ？」

『……その……じろじろ見ないでおくれ……服を……着てくるから……』

言われてようやく自覚した。

ユンメルンゲンは服を着ていない。人間でいうなら素《す》っ裸《ぱだか》。もっとも全身のあちこちが豊かな毛並みに覆われて、裸身という印象はまったくないのだが。

「服って必要か？」

『ばか！』

怒られた。

そんなユンメルンゲンが着替えを終えて、ぽつりぽつりと話したことは——

『あの日、「星のへそ」の周囲にいた人間たちが星霊に取り憑かれたんだよ。その多くは、今のクロみたいに無症状だけど』

「無症状なもんか。俺の首にだって——」

『星紋はただの徴《しるし》だよ。害悪じゃない』

「……星紋って何だ？」

『クロの首にくっついてる痣《あざ》。星霊が憑依《ひょうい》した証拠で、痛んだりしないから無症状だろ。でも中には実害のあった者もいたんだよ』

現天帝はいまも昏睡《こんすい》状態。

ユンメルンゲンにいたっては肉体まで変容してしまった。先ほどのように意識も混濁し、自分《クロスウェル》からの通信にも出ることができなかったらしい。

『取り憑いた星霊は一つとして同じものがない。メルンはその最悪な例を引いた』

「おい」

思わず身構えかけた。

一人称が余ではなくメルン。先ほどのように襲ってくるのでは？

『混ざりかかってるんだよ』

床にあぐらをかくユンメルンゲンが、自嘲気味に微苦笑。

『さっきみたいに意識を奪われて暴れ出すことはないと思いたいけど……もう、メルンはずっとこのままだろうね』

「……その姿でか？」

『嫌じゃないんだよ。この姿でもいいやって思い始めた。それだけ人間だった時の自我に星霊の融合が進んできたんだろうね』

肉体だけでなく自我さえも変貌しつつある。

そして自分《クロスウェル》は、ユンメルンゲンに似た症状の少女を知っている。

「……俺の知るかぎり、エヴ義姉《ねえ》さんがお前に近い気がする」

突然に意識を失って歩きだす。

ひときわ大きい背中の痣に、大規模兵器さながらの力の放出。単純な破壊力という意味ではユンメルンゲンよりも上かもしれない。

「どうにかエヴ義姉さんだけは秘密にしたい。ミュシャの件で世界中から記者たちが帝都に押し寄せてくるはずなんだ」

『止められないよ』

「……即答だな」

『だからメルンは部屋に籠もってたのさ。クロの家族も目立たぬよう過ごすしかない』

皇太子の権力をもってなお制御しきれない。

帝国内で情報統制をかけたところで、帝国外の報道陣までは止められないからだ。

『これはメルンの予想だけど、星霊に憑依された人間はまだ増える。正確に言えばもっともっと見つかっていく』

「入院患者はぜんぶで八百人未満だったはずだぞ」

『それは「星のへそ」の周りに集まってた観衆だろ。思いだしてごらん。星霊の光は帝都の上空に向かって噴きだしたんだよ』

「……ってことは」

『帝都を丸々覆い尽くしたのさ』

何万という単位の民衆が星霊の光を浴びたのだ。

その何割かに星霊の痣が顕現し、超常の力を宿したことだろう。今はまだ発覚が遅れているだけ。

……あるいは隠してるかだ。

……俺や義姉さんたちみたいに、自分の身に起きた異常を怖がって。

本当の騒ぎはここからだ。

ミュシャの件で、世界中がこの星霊という未知の力に気づいてしまった。

「このまま騒ぎが広がると、俺たちはどうなる？」

『――――』

ユンメルンゲンが天井を見上げた。

自分《クロスウエル》が見守るなか、長い長い間を隔てて。

『二つに一つ。幸いに転じるなら、星霊という超常の力を宿した者としてスポットライトを浴びる。そうでなければ……』

「何だよ？」

『化け物と恐れられるだろうね』

数週間に限定するならば――

ユンメルンゲンの推察は、「幸い」に転じた。

ミュシャのように星霊の力を宿した者が、その手に入れた奇跡の力を披露することで、テレビや新聞記者がそれを大々的に取り上げたからだ。

痣を『星紋』と名付けて。

その者たちを、ある種の「選ばれた者《スター》」としてもてはやした。

だが一月後。

帝国内には、徐々に暗雲がたちこめだした。

——星霊を宿した者たちの、暴力と犯罪。

たった一人の少女が、「たまたま気に食わなかった」男たち数名に炎の星霊を発動して瀕死《ひんし》の重体に追いこむ暴力事件。

星霊の力を悪用して、民家に押し入って金品を奪う強奪事件。

「……先週は帝都で三件だった。なのに今週はこれで十一件目だ。テレビでも最初は散々もてはやしてたのに、今じゃ星霊汚染者なんて言い方に変わった。汚染者だぞ汚染者……酷《ひど》い言いようだ」

『星霊の力を得た人間は変わるからね。心も行動も』

通信機に伝わるユンメルンゲンの声。

『たとえば一生遊んで暮らせる大金を手にしたら？　大半の人間は仕事をやめるし、学校なんていかなくなる』

「……金と同じだって言いたいのか？」

『星霊はもっとタチが悪い』

通信機の向こうで、そう語るユンメルンゲンはなかば達観した口ぶりだった。

『復讐《ふくしゅう》できるんだよ』

「復讐？」

『たとえば学校で虐《いじ》められた子が星霊の力を手に入れたらどうする？　たぶん自分を虐めていた子たちに復讐するよ。もう絶好の力じゃないか』

「…………」

『他にもあるよ。貧困や不遇とか理由は色々だけど、「俺は社会からの爪弾《つまはじ》き者だ」とか「こんな世界が憎い」なんて思ってる人間は沢山いる。そういう人間の何割かが、今回、その鬱憤を晴らす力を手に入れたんだよ』

星霊の力は圧倒的だ。

手に入れた能力は個人差が大きいが、常人からすれば銃よりも遥《はる》かに大きな脅威になる。

事実、ここ数日で警務隊が街を巡回する姿を何度も見た。

星霊汚染者たちの蛮行を警戒しているのだ。

「……だけど悪用するのは一握りだぞ」

自分《クロスウエル》も義姉も違う。

仕事仲間だった面々もそうだ。星霊を宿した人間への印象悪化を敏感に感じとり、息を潜めるように静かに暮らすよう努めている。

『悪貨は良貨を駆逐するって習わし、知ってる？　悪い方が目立ちやすいんだよ』

「…………」

『もちろんメルンも動いてるよ。天帝《ちちうえ》が目覚めない今、帝国議会を実質的に牛耳ってるのが八大長老たちだ。気に食わないけどあいつらにも頼んでる。星霊汚染者たちはあくまで事件の犠牲者で、根も葉もない風評被害を抑えこめって』

「頼むよ」

『半々だと思っておくれ。八大長老《あいつら》は信用できない、できない』

「何だって？」

『メルンはこんな姿だから人前に出られない。この状況を変えられるのは八大長老《あいつら》だけだ。それでも……』

歯切れが悪い。

この皇太子にしては珍しいほどの葛藤を滲《にじ》ませて。

『メルンは嫌いだ。八大長老《あいつら》を迎え入れてから天帝《ちちうえ》は変わってしまった』

═══

暗い、暗い小部屋。

帝国議会の地下に設けられた秘匿聴聞室《ちょうもん》。

そこに――

賢者と呼ばれる八人の男女が、顔を向かい合わせるように座っていた。

「星霊は実在した」

「星の民の伝承は正しかった。我々は新世界を創るエネルギーを手にした」

「ここまではいい。問題は――」

「まさか人間に憑依するほど親和性の高い力だったとは……」

時代を変革するだけの強大なエネルギー。

その力がヒト個々人に宿るというのは、八大長老にとっても予想外だった。

「なんという想定外だ……」

「ええ。あらゆる想像と仮定を繰り返したのに、現実は、私たちの想定を上回った」

星霊の噴出は、火山の噴火のようなもの。

降神祭で噴き上がった膨大なエネルギーは溶岩さながらに、周囲すべてを容赦なく焼きつくす。天帝と皇太子も為《な》す術《すべ》なく巻きこまれるだろう。

その予定が大きく狂った。

「皇太子《ユンメルンゲン》が、生きのびたわ」


星霊は、人間を進化させる。


まさか星霊が人間に宿るなど、八大長老にも不測の未来だったのだ。

嵐のごとき風を起こす力。

ビル一つを巻きこむ炎を呼ぶ力。

戦車をも凍結させる冷気を生みだす力。

そんな力を持つ人間の誕生は、世界のパワーバランスさえ崩壊させかねない。

「現状、わかっているだけでも星霊の力は多種多様だ」

「我々が把握しているサンプルは一握り。今後、さらに我々の想定を上回る力を宿す者も現れよう。……が、それはどうとでもなる」

「皇太子《ユンメルンゲン》だ」

「アレに宿った星霊は、おそらく星の中枢にもっとも近い星霊の一つ」

想定外だ。

星霊エネルギーの大爆発に巻きこまれて消滅するはずだった皇太子《ユンメルンゲン》が、よりによって人間を超越した存在へと「生まれ変わる」とは。

「皇太子《ユンメルンゲン》は薄々気づいている」

「しかし八大長老《われわれ》に手は出せまい。あの化け物となった姿では、天守府から一歩も外に出ることも適《かな》わぬよ。何よりまだ子供」

「帝国を掌握しているのは我々だ」

「将来、星霊汚染者たちは必ずや力をつけていく。その前に手を打つ。星霊汚染者という呼び名では温《ぬる》い。より邪悪な印象《イメージ》を前もって根付かせておくべきだろう」

「――――」

「――――」

沈黙。

八人の賢者たちが、互いの顔を凝視しながら決した言葉は。

「魔女」

「決定だ。星霊を宿した者を『魔女』『魔人』と呼称。帝国領土全域にてそれ以外の呼び名を禁じる」

「ルクレゼウス、帝国内での魔女と魔人の犯罪件数は?」

「十一件」

「少ないわね。それでは世界の目は変えられないわ」

「増やすとしよう」

5

家に閉じこもり、息を潜めて生活し続ける。

カーテンを開けた窓の向こうには、テレビや新聞の記者たちが今も周囲を取り囲んでいることだろう。

自分《クロスウエル》もエヴもアリスローズも。

閉塞する空気に呑《の》まれ、徐々に口数が減っていくことに抗《あらが》えなかった。何一つとして明るい話題がない。

もう何日目だろう。

部屋の灯《あか》りさえ消して、延々とテレビの流す情報をぼんやりと見守る日々。

だが、今日に限っては客人がいた。

「ごめんなさい！」

泣きじゃくる少女の声が、狭い部屋に響きわたった。

「……ウチが……あんなテレビになんて出るから……！」

ミュシャだ。

目元を拭う右手には赤い痣《あざ》が輝いている。この痣が炎を生みだす力があるということで、全世界に報道されたのが始まりだった。

「……ウチもね、最初は不安で病院行ったの。でもテレビ局の人たちに見つかっちゃって、これは凄《すご》い力なんですって褒められて……ウチ、今まで誰かに褒められたことなんて無かったから、それで嬉《うれ》しくてテレビに…………」

「悪いのはお前じゃねーよ」

床に寝転ぶエヴが、吐き捨てるように口を開いた。

部屋の隅にあるテレビ映像を指さして。

「見ろよニュース。あたしらは悪魔の痣を宿した魔女だとよ。その魔女の起こした暴力事件が帝国のそこら中で増え続けてる。どこのバカがやってくれたか知らねーが、おかげであたしらまでとんだ風評被害だ」

星霊の力を犯罪や暴力に利用する者が後を絶たない。

先週までは十一件。それが今週だけで一気に百十二件だ。

倍増どころか二次曲線的に急増している。

「ミュシャが家を飛びだして逃げてきたはいいけどよ、あたしらの家もしっかり警務隊に見張られてるぜ。どこも同じだ」

社会の目が変わった。

奇跡の力を得た選ばれた者《スター》から、危険な力を手に入れた監視対象者へ。

「……今日も魔女の逮捕者が出たってニュースで言ってるわ」

アリスローズがぽつりとこぼす。

テレビを見つめる彼女の表情も曇っている。あんなに明るくて可憐《かれん》だった義姉の笑顔を、もう何日も見ていない。

「……買い物に出かけても、隣の家のアンナおばさんが話しかけてくれないの」

「今のあたしらに話しかけたい奴《やつ》なんざいねーだろ。テレビでも新聞でも犯罪者予備軍みたいな扱いだしな。おいクロ、お前もじっと黙ってないで会話に交じれよ？」

「────」

「おいクロ？」

「……っ。ああ、もちろん聞いてるよ」

横顔を向けてきたエヴに名を呼ばれて、クロスウェルは急いで首を縦に振った。

「テレビに夢中になりすぎてた」

半分正しく、半分は嘘《うそ》だ。

テレビのニュースを見つつ、別のことを考えるのに夢中になっていた。

……どういうことだよユンメルンゲン。

……お前、星霊汚染者の風評被害を抑えるよう動くって言ったじゃないか！

だが現実はどうだ。

テレビや新聞は異様なほど自分たちを危険視し、遂《つい》には「魔女」や「魔人」という蔑称まで平然と使われだした。

武装した警務隊が家を取り囲み、食料を買う時でさえ監視がつく有様《ありさま》だ。

……暴力事件を起こす星霊汚染者がいる。

……それが事実にしたって、犯罪件数が増えすぎじゃないか？

この数字は現実に起きた件数なのか？

少なくとも自分《クロスウエル》は、この地域一帯で星霊を使った犯罪をまだ見ていない。

……せめてユンメルンゲンとまた連絡がつきさえすれば。

……あいつの意識が戻りさえすれば。

ユンメルンゲンからの応答はない。

数日前の連絡では、やはり肉体が変異した影響がまだ大きく、突然意識を失ってしまうことが続いているという。

「……やっぱりウチ、家に帰る」

小柄な少女が立ち上がったのは、その時だった。

「どうせ外にいる警務隊もウチを尾行してきた連中だし……ここにいたらエヴやアリスにも迷惑かかっちゃうもん……」

「おいミュシャ待て！　お前が出てったところで変わらないっての！」

「そ、そうよミュシャちゃん。わたしたち不安なのは一緒だもん。みんなでいた方がわたしも安心できるわ！」

エヴとアリスローズが勢いよく立ち上がる。

その姉妹ではなく――

「クロ」

ミュシャがまなざしを向けてきた先は、自分だった。

「男の子だよね。義姉《ねえ》さんたちを守ってあげてね」

「っ！」

「じゃあね！」

扉を開けて飛びだしていく。

警務隊やカメラを抱えた報道陣たちの輪を強引に突っ切って、茶髪の少女は、大通りを一度も振り返ることなく走って行った。

「……ミュシャちゃん」

「……あいつ、一番ガキのくせしてあたしらに気ぃ遣ってどうすんだよ」

エヴが奥歯を噛《か》みしめる。

些細《ささい》なことなら冗談で笑い飛ばすエヴも、この時ばかりは歯切れが悪い。

「……どうしてこうなっちまったんだ」

壁に身を預けたエヴの呟《つぶや》き。

「あたしたちは何もしてねーんだぞ。なのに何で世間様から魔女だの言われて、警務隊に監視されて、逮捕までされなきゃならねーんだ。こうやって力ずくで押さえつけられるくらいなら……いっそ……本気で魔女らしく暴れて抵抗した方が――――」

「姉さん」

「冗談だよ。冗談に決まってるだろ」

不安げなまなざしの妹に、姉が淡泊に吐き捨てた。

「だけどアリス。仮にだぞ、無実のあたしやクロが捕まった時、お前は何もしないで受け入れる気か？　冤罪《えんざい》だってわかっていても抵抗しないのか？」

「っ！　そ、それは……」

「あたしはご免だ。家族を失いたくないんだよ。あたしは姉ちゃん《ねー》だ。お前もクロも守ってやるのが姉の義務だろ」

それは――

普段から天邪鬼《あまのじゃく》を装《よそお》っていたエヴという少女が、初めてさらけ出した本心だった。

「お前やクロが捕まったら、あたしは一人でも殴り込みに行く。警務隊だろうが帝国議会だろうが、一番偉い奴をぶん殴ってやる……ま。半分は冗談だけどな。こんなの実現しない方が良い《い》に決まってる」

「そ、そうよ姉さん！」

慌てて頷《うなず》くアリスローズ。

「今はみんな不安になってるだけよ。我慢して過ごしましょう。わたしたち魔女とか言われてるけど何も怖くないんだって、いつかわかってくれるわ。また今までみたいに仲良く過ごせる日がきっと来るって、わたしそう思う！」

「ほんとアリスはお人好《ひとよ》しだよな。楽天的でよー」

「……だ、だめかしら！」

「だめとは言ってねーだろ。ほんとお前の方がよっぽど大人だよ。あたしと違って」

姉がふっと微苦笑。

「……そうなるといいな」

その小さな願いが。

いとも容易《たやす》く握りつぶされたのは、それから四日後のことだった。

――ミュシャが魔女として逮捕された。

一般人に対する傷害罪。

炎の星霊による放火および傷害罪。駆けつけた警務隊にも重傷を負わせた。

「……嘘だろ！」

人目を避けて買い物にいった帰りだ。

血相を変えたアリスローズに聞かされて、クロスウェルは言葉を失った。

「ミュシャが傷害事件だなんて……信じられない。だってミュシャはうちに来て、あんなに怖がってたのに。何かの間違いじゃないのか⁉」

「わたしもそう思ったわ。だけどそうじゃないの！」

アリスローズが声を荒らげた。初めてだ。いつだって穏やかで優しい口調の義姉がこんなにも慌てた姿を見せるのは。

……そういえばエヴ義姉さんは？

……なんで家にいないんだ？

家で自分の帰りを待っていたのは妹。

一緒にいたはずの姉がいない。

「……エヴ姉さんが家を飛びだしたの、たぶんミュシャちゃんを助けたくて！」

「くそっ。悪い勘ばっかり的中か！」

義姉の両肩を摑《つか》んで、小さく頷いた。

「アリス義姉さんは家で待っててくれ。俺がエヴ義姉さんを連れて戻ってくるまで、誰が来ても家の扉を開けないこと！」

義姉に背を向けてクロスウェルは家を飛びだした。

止めなくては。

嫌な予感がする。それも寒気に近い不吉の予感が頭を過《よぎ》っていく。

……アリス義姉さんはエヴ義姉さんの身を案じてる。

……でも違うんだ。たぶんいま一番危ないのは警務隊の方だ！

自分《クロスウェル》だけが知っている。

自我を失ったエヴが放ったあの無数の閃光《せんこう》。あんなものがもし地上の警務隊に向かって放たれたら、その場の警務隊は全滅するだろう。

エヴの星紋は誰よりも大きい。

それはきっと、エヴに取り憑《つ》いた星霊がそれだけ強力だという証《あかし》に違いない。

「エヴ義姉さん、どこに行った⁉」

大通りをひた走る。

近場の警察署に手がかりはなかった。ミュシャが捕まったと思《おぼ》しき近辺を走り回ってもエヴの姿はない。

「……もしやミュシャの連行先は警察署じゃないのか？」

ミュシャは警務隊に捕まった。

だからエヴの行き先も警察署かと先走ったが、ミュシャという魔女の尋問を担《にな》うのは、星霊エネルギーの計画を推し進めていた――

「帝国議会か⁉」


〝お前やクロが捕まったら、あたしは一人でも殴り込みに行く〟


ミュシャの逮捕は一個人の問題に留まらない。

魔女や魔人という蔑称が広がりつつある事への対応も、帝国上層部に訴えるほかない。

そう考えて帝国議会に向かった可能性はある。

「……だけど無茶だ、エヴ義姉さん！」

息を切らして再び走りだす。

心臓の鼓動がますます大きくなっていく。エヴが帝国議会で暴れて、上層部に負傷者が出ようものならそれこそ最悪だ。

――帝国議会。

銀色の鉄格子《てつごうし》に囲まれた広大な敷地《しきち》、そのゲートで。

「頼むよ、ミュシャと会わせてくれ！」

武装した警備員に囲まれて、褐色の少女が喉を嗄《か》らして叫んでいた。

肩を摑まれながらも、まるで臆さずに。

「あいつはまだ十四歳だぞ！　十四歳の女のガキが暴力事件？　冗談じゃない、そんなの誰かがでっちあげたに決まってる！」

だが。

エヴを見下ろす屈強な警備員たちは、誰一人としてそれに応じようとはしなかった。

無感情な目。

これが少女を見るまなざしか？

遠目に一部始終を目撃した自分《クロスウェル》がゾッとするほどに、道ばたの小石かガラクタでも見下ろすように空虚な表情ではないか。

「――――」

「おい！　お前ら……」

警備員たちが見ていたのはエヴの顔ではない。

その背中。

薄地のシャツ越しに浮かび上がる巨大な星霊の痣《あざ》を、観察していたのだ。

「魔女だ。ああそうだ議会のゲート前で捕らえた。八大長老に連絡を」

「っ」

警備員が呟いた一言に、エヴの目の色が豹変《ひょうへん》した。

無実の罪で捕らえられた少女《ミュシャ》を助けにきた少女ではなく、獰猛《どうもう》な魔女《ミュシャ》を解放しようと暴れる魔女だと。

エヴはそう見られていたのだ。

「……そうかよ。あたしは、あたしの痣は……そんなに不気味かよ……それだけの理由でお前らはミュシャも捕らえたんだろ。本当は暴力事件なんか無かった。ただ正義面したいからってだけで捕まえたんだ。悪人を作りたかっただけだ」

警備員たちは応じない。

ただ淡々と、エヴの手首を掴み上げて手錠をかける。それを止めにクロスウェルが割って入ろうとした。その直後——

Sera……So Sez lu teo fel nalis pah pheno lef xel.《私が星を浄化する。この星の子供として》

爆発した。

クロスウェルの目にはそう映った。

目を灼《や》くほどの光と。

意識が断ち切られそうになるほどの音と。

大気がひしゃげてねじれたような衝撃波が、エヴを中心に吹き荒れた。

——気づけば。

コンクリートの地面が蜘蛛《くも》の巣《す》状にひび割れて、鉄格子は原形を留《とど》めないほどに折れ曲がり、周囲にあった車は片っ端からひっくり返っていた。

「私に触れるな」

倒れた警備員たちを見下ろす、褐色の少女。

シャツの背中が大きく引き裂かれ、暗色の星紋が露《あら》わになっていた。豊かな金髪が風もないのに大きく揺れている。まるで髪にも意思があるように。

その姿を——

その異様な存在感ある立ち居振る舞いを、何と喩《たと》えればいいだろう。

目覚めた。

人間を超越した何かに「成った」。そうとしか思えなかった。

「……エヴ義姉《ねえ》さん？」

「クロか」

褐色の少女が振り向いた。

今ようやく自分《クロスウエル》がいることに気づいた、そんな反応で。

「家に戻れ」

「義姉さんはどうする気だよ⁉　それにこの有様《ありさま》……」

「ミュシャを解放する」

エヴが横顔を向けた先は、敷地の先にそびえる帝国議会の議会場だ。

「もう帝国《このくに》に用はない。私たちの居場所はない」

「……何だって……」

一つ直感的に理解した。

義姉エヴは暴れるつもりだ。ミュシャを取り返すまで、帝国のあらゆる施設を破壊して、邪魔する者を薙《な》ぎ払うつもりでいる。

「待てよ義姉さん、ミュシャがここにいる保証なんてない！　義姉さんが闇雲に暴れたら大変な――」

「議会場の地下だ。ミュシャの星霊の波動を感じる」

「………………」

頬を冷たいものが滴《したた》り落ちていく。

決定的だった。義姉エヴはもう、自分の知る義姉ではないのだと。

……ユンメルンゲンと限りなく同類だ。

……あいつみたいに姿こそ変わったわけじゃないけど、まるで別人じゃないか。

エヴが片手を上げた。

何かを呼ぶように空を見上げて。

「クロ、家に戻れ」

「待ってくれ義姉さ————っ！」

消えた。

虚空《こくう》にできた黒い「空間の扉」へと、義姉エヴは悠然と姿を消したのだった。

そのわずか半時間後。

帝国議会場は、地下から迸《ほとばし》った謎の大爆発によって半壊した。

6

数日後。

何時間にもおよぶ警務隊の取り調べから解放されたクロスウェルは、帰り道、久方ぶりにユンメルンゲンの声を聞いた。

『お久しぶりクロ』

『十日ぶりくらいに意識が戻ったよ。といってもコレが人間の人格なのか星霊に喋《しゃべ》らされてるのか曖昧な感覚だけどね』

「……お前が寝てる間、こっちは大変なことが起きた」

『お前の義姉が大変なことをしたそうじゃないか』

止められなかった。

薄々ながら予感はあったのだ。ユンメルンゲンがそうであったように、義姉エヴも星霊に憑依《ひょうい》された影響が強すぎると。

強大すぎる星霊の力が、帝国への怒りとなって爆発した。

「どこまで知ってる？」

『お前以上に詳しいよ。お前の家族がやらかした犯罪《こと》の重大さについてはね』

一拍おいて。

『ミュシャという魔女を連れ戻そうと議会場へ乗りこんだ。止めにかかった警備員に重傷を負わせ、議会場の地下を跡形なく破壊した。その際、ミュシャって魔女の聴聞《ちょうもん》中だった八大長老も大けがを負ったそうだよ』

「だろうな」

『その一部始終が監視カメラに映っていて、既に全世界に公開された』

魔女による暴力事件の決定的瞬間だ。

帝国上層部のねつ造ではない。本物のだ。

『全世界の前で、実にわかりやすく、「星霊に憑依された人間はこんなにも危険なんだ」という実例を作ってしまったよね。エヴだけじゃない。すべての星霊汚染者への風当たりが強まることを正当化させてしまった』

「……エヴ義姉さんはもう重大犯罪人なんだろ」

『うん。こればかりはメルンにも擁護のしようがない。ごく個人的に直接話を聞いてみたい気持ちもあるけど、クロの近くにもいないんだろ？』

「いない。エヴ義姉さんは消えた」

ミュシャを解放して、ミュシャと共に行方をくらませた。

『もうメルンにも止められない』

皇太子の溜息《ためいき》。

『天帝《ちちうえ》は今も意識不明で、かわりに政治を牛耳ってるのは八大長老だ。その八大長老がエヴによって大けがを負った。わかるかい？』

「……帝国の権力者を敵に回した」

『魔女狩りの始まりだね。遠からず帝国中で星霊汚染者への迫害が始まる。ああ違うね。星霊汚染者たちは悪者だから迫害じゃなくて正義になる』

「どうしろっていうんだよ！」

『――――』

その雄弁な沈黙は。

今までユンメルンゲンと話した会話の中で、史上最も長かった。

『はっきり言うよ。もうこの国に、クロを含め、星霊汚染者の居場所はない』

「……お前、それまさか」

喉から水分が失われ、嗄れた声を絞りだすのが精一杯だった。

察する必要さえない。

ユンメルンゲンが含ませた意はあまりにも明確だった。残酷すぎるほどに。

……帝国じゃ俺たちは犯罪者同然の扱いだ。

……でもまだ帝国内で済んでる。

星霊汚染者を「魔女」や「魔人」と呼ぶのは、帝国の人間だけ。

今ならまだ間に合う。

この広い世界には、自分たちを受け入れてくれる国があるかもしれない。

「帝国から脱出しろってことか……？」

『メルンとしてはこの国の皇太子の立場があるからね。表だっての協力はできないけど、反対もしない。見て見ぬフリはしてあげる』

だがどこに逃げる？

帝国の外への移住。何千人という人間の行き先を見つけるだけでも前代未聞の挑戦で、準備も何か月という大計画になるだろう。

どこへ逃げて、どうやって生活をすればいい？

『考えておくべきだよ。いざとなったらクロと家族だけでも脱出できるように』

「本当に本当の最終手段だよな……」

家にも愛着がわいて。

この国の生活にようやく慣れてきたというのに。

「……アリス義姉さんに伝えておくよ。エヴ義姉さんがいないから決めようがないけど」

通信機を切って大通りを歩きだす。

民家の多くは消灯済みだ。

凍えるような冷気に身を縮こませ、頼りない街灯の明かりのなかを歩き続ける。ようやく着いた家の前には、不安げに立ちつくす義姉の姿があった。

「クロくん！　ああよかった。無事だったのね」

「……今日もこってり絞られたよ。エヴ義姉さんの居場所を吐けって」

自分が知りたいくらいだ。

帝国議会場の前で消えた義姉が、今どこで何をしているのか。

「寒かったでしょ。とにかく家に入って」

家の中へ。

息さえ詰まりそうな外界の寒さから一転、ようやく明るく暖かなリビングに戻ってきた。

そんな自分とアリスローズの視界が黒に染まった。

電気が消えた？

一瞬そう錯覚するほどに、目の前が黒のペンキで塗りつぶされたように染まって——

金髪をなびかせた褐色の少女が、そこから飛びだした。

「義姉さん⁉」

「エヴ姉さん⁉　え……え……？」

虚空から飛びだした姉の姿に、アリスローズが何度となく目を瞬《まばた》きさせる。

思えば妹は初めて目にしたのだ。

星霊を宿した姉の力。それも炎や風を発生させる手品じみたものとは一線を画す、空間を歪《ゆが》ませるような神がかった力を。

「ね……姉さん……？」

風貌も大きく違っていた。

無風にもかかわらずエヴの金髪は常に大きく波打っている。服装も、シャツだったものが擦りきれて一枚の外套《がいとう》のような格好だ。

「アリス、クロ」

自分たちの名を呼ぶエヴの声は、ぞっとするほど無感情だった。

生気が無い、とそう喩《たと》えた方が適切かもしれない。

「話がある」

「きゃっ⁉」

「えっ⁉」

瞬きする間もない。

エヴに手を摑《つか》まれるや、自分《クロスウエル》の眼前で空間がひび割れた。真っ黒な空間の裂け目に、アリスローズと共に引っ張られて――


気づいた時には、漆黒の帳《とばり》に遮られた空間の中にいた。


真っ黒いテントの内部。

数十メートル四方はあろう四角形の場で、その角には黒曜石のような光沢を得た黒い塔がそびえたっている。

ここは何処《どこ》だ？　何の場なのだ？

外でも家の中でもない。ただただ何もない亜空間としか言い様のない場に――

「アリス！」

「ミュシャちゃん⁉」

抱きついてきた少女を受けとめて、アリスローズが驚きの声を上げた。

アリスに抱きついたのは、警務隊に捕まっていたミュシャだ。

エヴが帝国議会場を襲撃し、それ以来、エヴと共に姿を消したと言われていたが。

「ミュシャちゃん無事だったのね！　警務隊に捕まったって……」

「あんなの嘘《うそ》よ！　警務隊《あいつら》、ウチを取り調べだっていって無理やり車に乗せようとしたの。それに抵抗したら暴力事件だって話を大きくされたのよ！」

「同じく」

続いたのは、採掘場の班長《リーダー》だった青年ドレイクだ。

「俺の家にも警務隊が来た。問答無用で捕まるところをエヴに助けられて、この不思議な場所に避難させられたんだ。ここにいる連中全員な」

ミュシャとドレイクだけではない。

この場に集められていたのは百人以上もの老若男女《ろうにゃくなんにょ》。採掘場での仕事仲間はもちろん、帝都の通りで見た覚えのある家族連れの姿もある。

そして気づいた。

集められた者の多くが手首や額を包帯で隠していること。

包帯の下に何があるかは、言うまでもあるまい。

……全員が捕まっていた星霊汚染者だ。

……これだけの人数をエヴ義姉《ねえ》さんが一人で救出したっていうのか。

数日間エヴは姿を消していた。

帝国の警戒態勢のなか、誰にも気づかれずに一人また一人とこの空間に連れてきたということだろうか。

「帝国はもういらない」

厳かに響きわたるエヴの一声。

「外へ出る」

ざわっ。

百人以上の人間が一斉に顔を見合わせる中、ただ一人、自分《クロスウェル》だけが無言で拳を握りしめていた。聞き覚えがあったからだ。

……何の皮肉だよ。

……国外脱出。ユンメルンゲンとまったく同じ意見じゃないか。

それしかないのだと。

帝国の皇太子と、帝国に反旗を翻《ひるがえ》した少女の行きつく結論は同じだった。

「この場にいる者から、家族や同志に伝えてほしい。ありったけの家財をもって逃亡する。警務隊が邪魔をするなら私が排除する」

あまりに余裕綽々《よゆうしゃくしゃく》すぎる反旗宣言だ。

羽虫がいれば叩《たた》き落とす。その程度の口ぶりだ。

「だ、だが……！」

男の一人がたまらず叫んだ。

「そんなことをして警務隊に刃向かったら、次はいよいよ帝国軍が出てくるはずだ！」

「帝国軍も同じだ。私一人でどうとでもなる」

「……なっ⁉」

「邪魔をする者に容赦はしない。何人たりとも」

周囲は沈黙。

エヴという少女の変わりよう。そのあまりに超越的な力と自信を前に、誰もが無意識のうちに理解したからだ。

エヴは嘘はついていない。

この小柄な少女に宿った星霊は、帝国という大国一つを凌駕《りょうが》する力を秘めている。

「決行は三週間後。こんな国など早々に捨ててしまえばいい」

「まって姉さん！」

張りつめた妹の叫びが、漆黒の空間にこだました。

「……みんな動揺してるわ。この帝国から逃げて外に出るって、姉さんが言うほど簡単なことじゃないと思うの。みんなこの国で暮らしてきて愛着もあるわ。仕事も家も友達も、そう簡単に切り捨てられるものじゃないわ……」

「だが──」

「時間がほしいの！」

姉の言葉を遮った。

思えば初めてだ。姉の言葉を遮るほどの勢いで、妹が強い意志を見せたのは。

「お願い姉さん。みんなに考える時間をちょうだい」

「…………」

「準備期間も必要よ。帝国中で警務隊の監視態勢が強まってるわ。何千人が帝都から脱出なんてしたら絶対に気づかれる。そうでしょ？」

エヴは無言。

自分よりずっと大人びた妹の訴えに、真顔で耳を澄ませていた。

「……時間をかけましょう。帝国を出て何処に向かうのか。向かった先でどう暮らすのか。みんなが安心できるように考えたいの」

「──」

「お願い姉さん」

長い、長い静寂。

瞬きも惜しんで見つめ合う姉妹のうち、先に動いたのは姉だった。

「わかった」

ふっ、と。

エヴが一瞬だけ口元をやわらげた。

「アリスは頭がいいからな。それでいい。あたしは出来の悪い姉《ねー》ちゃんだから」

ずっと忘れていた姉の微笑。

それが――

クロスウェルが見た、最後の「姉」らしい微笑みだった。

Memory.　『灯《ともしび》④　―帝国脱出計画―』

半年が過ぎて。

帝国から星霊汚染者という言葉が消えた。

テレビでも新聞でもあるいは街中でも。

使われるのは「魔女」「魔人」のみ。星霊に憑依《ひょうい》された者は自らの星紋を包帯で隠して、人通りの多い場所を避けることが半ば習慣化した。

それは自分もそう――

「クロスウェル・ゲート・ネビュリスだな」

「…………」

街灯の下で呼び止められた。

人通りの減った夜九時。大通りのスーパーを避けて、路地裏の古い商店で買い物を済ませた帰路のこと。

クロスウェルの行く手を阻《はば》むように、帝国兵がそこで待ち構えていた。

警務隊ではなく帝国兵。

増え続ける魔女と魔人の暴力事件に対して、帝国議会はついに、帝国軍による強制的な武力鎮圧に転じていた。

「帝国軍《われわれ》が捕らえた魔女四人が脱獄した。また大魔女ネビュリスの破壊だ」

「……俺は知らない」

「お前の義姉エヴだ。半年前まで同じ家で暮らしていた」

「半年前までです。俺の義姉《あね》が今どこで何をしてるのか俺もアリス義姉さんも知らない。四日前もウチをさんざん家宅捜査して、何も証拠は出なかったはずです」

「…………」

帝国兵二人が押し黙る。

彼らに小さく会釈《えしゃく》して、クロスウェルはその二人の横を通り過ぎた。

もはや慣れっこだ。街角で問い詰められる相手が、警務隊から帝国軍に替わっただけ。

自分がすべきことはどんな質問も穏やかにかわすこと。

……ムキになってたてつけば、それを口実に逮捕されるのが今の帝国だ。

……だからみんな耐え忍んできた。もう少しだって。

……帝国脱出まであと四日。

拳を握りしめ、暗い大通りを歩いて自宅へ。

「ただいま」

「クロくんお帰りなさい！」

家で待っていたのは義姉アリスローズだ。

夕ご飯の支度中だったのでエプロンを着用中。絹のようになめらかで光沢のある金髪を後ろでまとめた姿が、何とも可憐《かれん》で愛らしい。

——この半年で。

アリスローズは十六歳になり、いっそう大人びて美しくなった。

外見だけではない。誰よりも穏やかで争いを拒む気性もそう。帝国軍が用いる「魔女」という蔑称が、これほど似合わぬ少女もいないほどに。

「さっきエヴ姉さんも戻ってきたの」

「え？　あ、ほんとだ……」

床にごろんと横たわる義姉エヴ。

なぜ自分が気づかなかったかというと、あまりに静かに寝入っていたからだ。

すやすやと。

帝国上層部が指名手配した魔女名簿《ウィッチリスト》でもっとも危険な「大魔女」として名指しされてい

るエヴが、まるで無防備に寝入っていた。

「さっきも帝国兵に呼び止められたよ。エヴ義姉《ねえ》さんを見なかったかって。どこに隠れているんだって」

帝国軍は想像もつかないだろう。

エヴの住処《すみか》は亜空間だ。半年前にクロスウェルも一度だけ入った黒い帳《とばり》のなかに身を隠しているが、時々こうして家に戻ってくる。

……まるで秘密基地だよな。

義姉さんはそこを行き来して、魔女認定されて捕まった人間を救出している。

何百人もの魔女、魔人がエヴによって救出された。

その全員が、あの亜空間に逃れて帝国脱出作戦を立てている。

「エヴ姉さんに助けてもらって、みんな感謝してるわ。帝国を抜け出すのも姉さんがいれば安心だって」

おだやかな寝息を立てる姉の頭を、アリスローズが優しく撫《な》でてやる。

見た目だけなら立場はまるで逆だろう。

幼い妹を愛《め》でる姉という構図。もともとアリスローズは大人びていたが、この半年間で二人の見た目の差はさらに広がった。

……エヴ義姉さんが変わってなさすぎなんだ。

……まるで時間が止まったみたいに。

この半年間でアリスローズがさらに大人びて美しくなったにもかかわらず、エヴは身長が一ミリも伸びていない。

さらに言えばめっきり食事も取らなくなった。


『メルンを見ればわかるだろ。もう彼女《エヴ》の半分は星霊なんだよ』


帝国脱出計画まで、あと三日。

二週間ぶりの通話で聞いたユンメルンゲンの口ぶりは、「半年間も彼女《エヴ》を見ていて何を今さら」という雰囲気だ。

『帝国軍のデータベース上で、魔女や魔人の該当者は7981人。この半年間で十倍に増えた理由は、「星のへそ」から今も星霊が浮上してきてるから。穴を塞がないかぎり今後も増えるだろうね』

「帝国はわかっていて放置してるのか?」

『誰がやるって話があってね。星のへその穴を塞ごうにも、そこに近づいた人間が魔女化してしまう可能性がある。迂闊《うかつ》に近づけないのさ』

「……納得」

『話を戻すと、それだけ多くの星霊が星の奥深くから地表に昇ってきていた。その中でも最も強い星霊に憑依されたのが――』

「お前とエヴ義姉さん」

『そう。エヴが食事をしないのもそうさ。メルンなんか水も飲んでない』

星霊には寿命が存在しない。

それは星霊と融合したことでユンメルンゲンが「感じとった」知識だ。

『メルンとエヴもいったい何年先まで生きるやら。百年先なのか千年先なのか。それとも数年先に突然ぽっかり消えたりするのかな？』

「……他人事《ひとごと》みたいに言うな」

『クロだって他人事じゃないんだよ』

「……俺が？」

ずきん、と。

まるで意識外のところから放たれた言葉が、棘《とげ》のごとく胸に突き刺さった。

『星霊との適合率が高い人間ほど、その肉体が星霊に近づいてゆっくり歳《とし》を取る。そして気づかなかったのかい？　お前と星霊の融合具合だって決して低くないんだよ』

「…………」

無意識のうちに。

クロスウェルは、自分の首元にある星紋に触れていた。

『クロって自分のことには鈍感だよね。ま、メルンとエヴっていう極端な例が比較対象だったから気づきにくいとは思うけど』

考えたこともなかった。

自分の寿命が星霊のせいで極端に延びる可能性も。あるいは縮むという可能性も。

『けれどアレだね』

自分の沈黙とは裏腹に、ユンメルンゲンの口ぶりは何一つ変わりなかった。

『明明後日《しあさって》がいよいよ誕生日《バースディ》だろ？　準備はどうだい？』

「いつだって大丈夫だ。何なら明日でもいい」

誕生日《バースディ》とは暗喩だ。

帝国脱出計画に関わる当事者だけに知らされた符号。

『ここ最近、クロからの連絡が少なくてメルンは寂しいよ』

「連絡は原則お前からだろ」

『……悲しいね。明明後日の誕生日《バースデイ》に参加したら、もう二度と会えないっていうのに』

「っ！」

言葉に詰まった。

いつもの気楽な口ぶりを装《よそお》うユンメルンゲンの声が、本当に本気で落ちこんでいるように聞こえたからだ。

――帝国脱出計画に、ユンメルンゲンは参加しない。

皇太子ゆえの決断だ。

三日後の帝国脱出によって、帝国からほぼすべての星霊汚染者たちが逃亡する。

だが――

その最たるユンメルンゲンだけは帝国に残る。

〝星霊汚染者たちは今後も生まれ続けるよ。全世界でね〟

〝メルンまで帝国から逃げだしたら、誰が帝国での迫害を止めるんだい？〟

帝国を内から変える者が必要なのだ。

魔女に対する先入観を正す者が要る。それができるのは皇太子である自分だけだというのがユンメルンゲンの判断だった。

「……お前も一緒に来ないかなんて、今さら言っても聞く奴《やつ》じゃないもんな」

『クロと会えなくなるのは寂しいけどね』

あはは、と笑い声。

今まで聞いた中でもっとも力の入っていない笑い声で。

『目を覚まさない父上に代わってメルンがじき天帝に即位する。こんな姿でも天帝になりさえすれば権力はぐっと高まる』

「……大丈夫か？」

『人前に出るときは影武者を使うよ』

「前に八大長老がどうとか言ってただろ。あいつらとの不仲は？」

『あるよ、全然ある。でもあいつらの事なんかどうでもいいんだ。この帝国のことなんか、メルンが天帝にさえなれればどうにでもなる』

「……そうか」

帝国の外へ逃げる。

星霊汚染者はひとまず迫害から逃れられることだろう。だが帝国全土に根を生やした魔女への恐怖と憎悪《ぞうお》は残ったままだ。

……言うなれば後始末だ。

……俺たちは、それをユンメルンゲン一人に押しつけることになる。

それが本当に正しいことなのか。

この半年間ずっと考えてきた。いや、考えてきたという過程を言い訳にして、今日この日まで先延ばしにしてきてしまった。

『クロ、一つだけ約束しておくれ』

「何だ」

『メルンが天帝になって、もしも……帝国での魔女差別をゼロにできたらさ、その時は、また帝国に遊びにきてよ』

「────」

『その約束をしてくれるなら……メルンは頑張れる気がする』

「いつでも呼べよ」

迷わなかった。

天帝としてたった一人で帝国に残るという決意と比べるなら、その願いのなんと控えめで容易《たやす》いことだろう。

「必ず帝国に戻ってくる。何年先でも何十年先でもだ」

『…………うん』

その相づちは、ほんの少しだけ湿っていた。

『じゃあねクロ。帝国の外でも元気で』

「お前もな」


――――


帝国議会場と呼ばれていた施設。

大魔女ネビュリスが起こした破壊によってビルが半壊し、いつ建物そのものが崩れ落ちるかもわからない。

瓦礫《がれき》の散乱する地下室で――

『逃走劇とは――』

『最後に犯人が捕まる幕切《エンディング》れこそが美しい』

怪しく発光する八台のモニター。

そこには八人の老若男女《ろうにゃくなんにょ》が映っていた。

『魔女と魔人による帝国逃亡計画。これは大脱出ではない。脱出の混乱に乗じた帝都への一斉反旗。そして天帝陛下と皇太子を狙った襲撃のシナリオだと我々は考える』

『わかるかねドレイク君？』

『顔を上げなさい、ドレイク・イン・エンパイア』

「…………」

頭上からふりそそぐスポットライト。

八人の人影が映る大型モニターの真下で、青年が無言で唇を噛《か》みしめる。法廷に出頭した証人のごとく。その顔には深い緊張が刻まれていた。

『君は大罪人だ』

『なにせ君は大魔女ネビュリスの計画どおり、この三日後、帝都に火を放って焼け野原にする計画を立てていたのだからね』

「……違う！　俺たちはただ国を出るだけで――」

『そう証言するだけでいいのだよ』

「っ！」

青年が目をみひらいた。

八大長老――天帝の参謀たる八人の賢者たちの前に連行され、自分が何を聴聞《ちょうもん》されるのかと疑問に思っていたが。

『取引だ。本来ならば牢獄《ろうごく》行きである君に帝国での安住を約束しよう。君と君の家族にだ。かわりに一つ証言するだけでいい』

『大魔女ネビュリスの真の狙いは、帝国の乗っ取り』

『あれほどの力があれば、帝都を火の海にすることも容易でしょう?』

「……逃走計画を自白しろという取引じゃないのか……」

甘かった。

この最高権力者たちが求めるものは、自白よりも残忍な詐称だったのだ。

「……俺にそんな証言をさせて、いったい何を……」

八大長老は答えない。

お前が知る必要など無いという、あまりに永い静寂が答えだった。

『考えてみたまえドレイク君。帝国を出てどこにいく?』

『魔女も魔人も世界中から恐れられてるわ。帝国を出たところであなた方を迎える国などない。寒さと飢えに苦しみながら一生あてもなく辺境をさまよい続けるだけよ』

「……っ。それは……」

心の隙につけこむ甘言だ。

そうわかっていてなお、八大長老の言葉はこれ以上ないほど真実だった。

『悪いのは大魔女ネビュリスなのだよ。君ではない』

『ミュシャの件もそうだ。我々は彼女を保護する気でいた。にもかかわらずあの大魔女は議会場を襲い、何十人という罪なき者を負傷させた』

『君が帝国にいられなくなったのは、大魔女ネビュリス一人のせいなんだ』

『君が大魔女に同情する理由はない。袂《たもと》を分かつべきだろう』

がこんっ、と床下のタイルが割れる。

せり上がってきたのは携帯用の録音機器だった。

『帝国が君の故郷だ』

『君が帝国にいられなくなったのは大魔女のせいだ。憎いだろう？』

「…………っ」

それが悪魔の囁《ささや》きだと。

脳で悟っていながらも、自分の腕は、目の前の録音機を摑《つか》んでいた。

『さあ聞かせてくれドレイク君』

『君を帝国にいられなくした張本人、大魔女ネビュリスへの復讐《ふくしゅう》の証言《こえ》を』

Memory. 『灯《ともしび》⑤ ―世界を引き裂くもの―』

1

誕生日《バースデイ》、当日。

何千人という魔女と魔人が帝国を去る日の、その夜明け。

皇太子ユンメルンゲンは自分の部屋のベッドに横たわったまま、一睡もせずにその朝陽《あさひ》を見つめていた。

『――――』

『……クロ』

ベッドの隅の通信機を握りしめる。

連絡したい。何か一つでもいいから話題を考えて彼と話がしたい。声が聞きたい。

でもだめだ。

なぜなら彼は今まさに、仲間とともに始発の列車に乗りこむ行動中だろうから。

帝都から列車で国境へ。

国境にさえたどり着けば、身分証明さえあれば帝国外へ出るのは容易《たやす》い。たとえ魔女、魔人として星霊に憑依《ひょうい》された人間であってもだ。

『……星霊汚染者が国外に出るのを禁じる法律はない。国境の帝国兵と小競《こぜ》り合いさえ起こさなければいい。無事にすむといいね、クロ』

億劫《おっくう》だ。

なぜ自分はこんな時に目が覚めているのだろう。数日前まで意識を失っていたように、今も意識を失ってしまいたい。

クロの事を考えて悶々《もんもん》と過ごすこの数時間が、どうしようもなく、もどかしい。

『……はぁ……我ながら、らしくない。皇太子ともあろうものが一人の庶民にこんなに入れ込むなんてさ』

通信機をベッドの隅に放り投げる。

持っていても重たいだけだ。

やっぱり無理にでもふて寝しよう。枕に顔をうずめて。

『……？』

人間離れしたユンメルンゲンの聴覚が、異様な音を捉えたのはその時だった。

複数人が走る音。ただ慌ただしいだけではない。まるで足音を殺した忍び足で近づいてくる気配。それが自分の部屋の前で止まった。

「皇太子殿下」

声は、知らない男のものだった。

「本日の検診に参りました。扉をよろしいでしょうか」

嫌な予感がした。

銀色の毛が逆立つような、初めて感じる冷気じみた悪寒《おかん》。だから答えた。

『嫌だ』

「なぜです?」

『今日は体調が悪い。ベッドから起き上がれないから検診は明日だ』

「なおさら検診が必要です。どうか扉を」

『お前たちは誰だ』

お前ではなくお前たち。

複数人が扉の前で息を潜めていることにも勘づいている。そう暗に匂わせて。

『もう一度言う。メルンは体調が悪い。この姿になってから体調が不安定なのはお前たちも知っているはずだ。どうしてもというのなら――っ!?』

扉が破裂した。

ぶあつい機械仕掛《じか》けの扉が、廊下側からの爆風で大きく拉《ひしゃ》げたのだ。

『……爆弾⁉』

なぜ。そんな悠長な疑問を抱く余裕もなくベッドから跳ね起きる。

濛々《もうもう》と立ちこめる煙のなか、複数の人影が飛びだしてきた。

銃を構え、ゴーグルで人相を隠した武装集団。帝国軍の兵士ではない。警務員でもない。

ならばいったい何者だ？

『どこの刺客だっ！』

「――――」

十人もの武装者が一斉に銃を向けた。

熊さえ仕留める大型拳銃が、逃げる間もなく至近距離で突きつけられて。

「さらば」

皇太子の部屋に。

ヒトならざる鮮やかな紫色の血が、飛沫《ひまつ》をあげて噴き散った。

2

朝五時。

地平線のビル群の谷間から、うっすらと太陽が昇り始める。住民の多くがまだベッドで微睡《まどろ》んでいる刻に——

紅蓮《ぐれん》の大爆発が、静寂の帝都をふるわせた。

アスファルトの路面を粉々に消し飛ばして。

窓ガラスが跡形なく粉砕されたビル群が、その猛烈な衝撃に煽《あお》られてドミノ倒しに連鎖的に倒れていく。

「きゃぁ⁉」

「っ⁉……何だあの大爆発……」

あまりの轟音《ごうおん》に悲鳴を上げる義姉アリスローズ。

その隣で、クロスウェルもまた背後の異変に振り向いた。

「火事か？」

濛々と噴き上がる黒い煤《すす》と、空を真っ赤に染め上げる火の粉。

ここは第十一番街ターミナル。国境行きの始発列車へ、千人近い「第一陣」と今まさに乗りこもうとした矢先の大爆発だ。

「……天守府の方角だよな？」

皇太子ユンメルンゲンの住まいである。だがあんな大爆発が天守府で起きるわけがない。なにしろ帝国で最重要の施設ではないか。

「どけクロ」

「え？」

同時だった。

無言で空を見上げていた義姉エヴが、両手を突き出した。

──星の表層に呼び招く。

──大気の守護よ。

風か空気か。

ほとんど目に見えない不可視の盾が、ターミナルに集まった自分たちを覆い包むように広がったのを肌で感じた直後──

ターミナルに停まった始発列車が、猛烈な炎に呑《の》みこまれた。

雪崩《なだれ》のごとく爆風が押し寄せる。

コンクリート壁を穴だらけにするほどの衝撃波が全方位に拡散。鋼鉄をも焦がす熱波に呑みこまれる寸前に、大気の盾がソレを受けとめた。

「……列車に爆弾がっ⁉」

紙一重。もしもエヴに守られていなければ、始発列車に近づいていた者は跡形なく爆風で消し飛んでいただろう。

……場所とタイミングが合いすぎてる。

……列車に乗りこもうとした俺たちを粛清する気の爆弾じゃないか！

何者の悪意かはわからない。

だが一つ確実なのは、この帝都脱出計画は外部に漏れていた。それも星霊汚染者に悪意を持つ何者かに。

「ど、どういうことなの⁉」

顔面を蒼白《そうはく》にするミュシャ。

「い……今の爆弾ってウチらを狙って仕掛けられてたのよね！　どうして⁉」

自分たちは帝国を出るだけだ。

帝国の誰にも迷惑をかけるつもりもない。なのに、なぜこんな妨害を。

〝第一級緊急事態〟

〝帝都一番街から十一番街までの全区画で、避難命令が発令されました〟

鳴り響く警報。

ターミナル駅の周囲だけでなく、大通りのいたるところから。

〝天守府を含む十二箇所で同時爆発。火の手が上がっています。今すぐ避難を〟

〝犯行は、大魔女ネビュリスの一派とみられます〟

……え？

耳を疑った。

情報を音として認識したものの、それを受け入れることを理性が拒んだ。

……大魔女ネビュリス？　それってエヴ義姉《ねえ》さんってことか。

……義姉さんはずっと俺の隣にいたんだぞ！

完全な誤解か冤罪《えんざい》だ。

爆発の犯行どころか、ターミナルの始発列車に仕掛けられた爆弾から何百人という命を救った英雄なのに。

「ど、どういうこと……エヴ姉さん⁉」

姉を見つめる妹。

この場の同志たちの視線を浴びながら、褐色の少女は無言で空を見上げていた。

「――――なるほど」

ゾッとするほど低く押し殺した声で。

「そこまで私を魔女に仕立てあげたいか」

立て続けに爆発音。

燃え上がる炎と噴き上がる火の粉によって、帝都の空がみるみるどす黒い赤に塗りつぶされていく。

……帝都が燃えていく。

……でも俺たちじゃない。俺たちを悪人に仕立て上げたい奴《やつ》らがいるのか！

帝国逃亡の計画は漏れていた。

その時点で敗北だったのだ。帝都から逃げだすための一斉避難が、帝都を滅ぼすための一斉蜂起に書き換えられた。

〝大魔女ネビュリスを十一番街ターミナルで発見〟

〝近隣の住民は外に出ないでください。それ以外の住民は速やかに地下シェルターへ〟

「冗談じゃない！」

叫んだのは、背中にリュックを背負った中年男性だ。家族が星霊汚染者となった彼もまた、家族を連れて帝都脱出を決意していた。

「俺たちは何もしてない！　この爆発だって——」

銃弾。

必死の訴えを引き裂くように、続けざまの発砲音が響きわたった。

『降伏しろ』

ビル群を舐《な》めつくす勢いで噴き上がる炎の奥から、装甲車の影が浮かび上がった。

銃を構えた歩兵部隊の大縦列。

さらに奥から巨大な戦車の走行音まで伝わってくる。

『大魔女ネビュリスの一派に告ぐ』

『天守府への襲撃および放火。そして帝都への破壊容疑で拘束する。逃げ場はない』

『降伏せよ』

降伏して何になる？

無抵抗に徹した結果、何百人という仲間たちが牢獄《ろうごく》送りになってきた。降伏が意味を為《な》さないことは、この半年間で嫌というほど骨身に沁《し》みている。

ならばどうするか。

――逃げるしかない、しかない。

誰もが暗黙のうちに理解した。

列車が破壊されたなら自分の足で逃げるしかない。まずは帝都からの脱出だ。どのみち猛烈な火の手がすぐ目の前まで迫ってきている。

「逃げろっっっ！」

「散れ！　帝都を抜けるんだ。それぞれ国境を目指せ！」

何十人もが同時に叫んだ。

燃え上がるターミナル前から、千人以上の仲間たちが蜘蛛《くも》の子を散らすように四方八方へと走りだす。

「クロくん！」

「こっちだアリス義姉さん！　俺たちも走らなきゃ！」

アリスローズとともに走りだす。

……誰なんだ帝都を燃やした犯人は！

……天守府もだ。ユンメルンゲンにも万が一のことがあったんじゃ……。

が、今は何よりもまず自分たちだ。

この場から逃げなくては自分たちが捕まって投獄される。

「クロくん！　前！」

「……囲まれたっ⁉」

アリスローズが指さしたのは大通りの前方だ。

横の街路から次々と銃を構えた帝国兵が飛びだしてくるではないか。後方からは武装車と戦車という一大戦力。

前後を挟まれた。

『静止せよ』

武装車から発される警告。

『十一番街ターミナルの包囲は完了している。天守府を爆破し、帝都の二十七箇所に火を放った容疑で拘束する』

「……冗談じゃない！　俺たちは何もしてない！」

両手を広げて声を上げる。

が、その訴えが届かないことは自分《クロスウエル》も承知だ。

なぜならこれは現行犯。帝国兵からすれば、ターミナル前に千人以上もの星霊汚染者が集まった異様な事態にしか映るまい。

帝都に火をつけた魔女たちの一揆《いっき》集会だと。

『これが最終通告だ。静止せよ』

『抵抗または逃走するならば、射撃する』

それに対する答えは――

「アリス、クロ。伏せろ」

炎が噴き上がった。

帝都のあちこちで燃え上がる紅蓮《ぐれん》の炎《ほのお》ではない。迫ってくる武装車と戦車を遮るように噴き上がった炎の壁は、見るも鮮やかな菫色《ヴァイオレット》の炎だった。

『――――っ⁉』

初めて目にする炎を前に、武装車が次々と急停車。

「帝国兵《こいつら》は私があしらう。一番の目的は私だろうからな」

菫色《ヴァイオレット》の炎を放ったエヴが、大きく足を踏みだした。

「お前たちは先に帝都から逃げろ」

「……姉さん⁉　だめよ、一人でそんな危ない真似《まね》いけないわ。姉さんも一緒に！」

「アリス」

褐色の少女が振り向いた。

その背中に誰よりも大きな星紋を浮かび上がらせて。

「あたしは姉《ねー》ちゃんだぞ。心配すんな」

「っ！」

「ほら行け。クロ、アリスを守ってやれよ」

衝《つ》き動かされた。

言葉にではない。エヴが精一杯とり繕った「姉らしさ」に。

「アリス義姉さん走るぞ！」

有無を言わさず義姉の手を取って走りだす。

紅蓮に染まった空――

炎の海に呑《の》まれつつある帝都から脱出するため、クロスウェルが選んだのは表通りから逸《そ》れた路地裏だ。狭く入り組んだ無数の経路のなかに、帝都の端まで続くルートがある。地元民しか知り得ない道だ。

「クロくん、他のみんなは……」

「みんな違う道で逃げてるはずだ。どのみち逃げないと火事に巻きこまれる！」

帝都を染め上げる炎は勢いを増すばかり。

ビルからビルへと燃え移り、ビルから民家へと燃え移っている。着の身着のままで家から飛びだしてくる民衆の姿もある。

……星霊汚染者だけじゃない。

……帝都に住んでる全員が逃げ出さなきゃいけない規模の大火災だ。

炎を背に、ひた走る。

「アリス義姉さん、今は俺たちが逃げることだけ考えるんだ。ここで俺らが捕まったら、それこそエヴ義姉さんに顔向けできな――――なっ⁉」

狭い道を突き進む足が、止まった。

目の前に壁。

それも鉄板や木板といった廃材を山のように積み上げた、阻塞《バリケード》だ。

「……お見通しってわけか！」

帝国軍が「包囲した」と宣言した理由がこれだ。

脱出計画は漏れていた。おそらく昨日か一昨日の時点で、帝都から抜けだすルートを片っ端から塞いでいたに違いない。

「クロくん、後ろ！」

背後から近づいてくる軍靴《ぐんか》の音に、アリスローズが顔を引き攣《つ》らせた。

逃げ場はない。

後ろからは武装した帝国兵。目の前には廃材を積み上げた阻塞《バリケード》。

……どうする!? 力ずくで帝国兵をどうにかなんて無理だ。

……阻塞《バリケード》をよじ登る？ いいや登ってる間に追いつかれて撃たれるだけだ。

現実は残酷だ。

エヴがたった一人で多くの帝国兵を食い止めているというのに。自分は、大切な家族を連れて逃げることさえできやしない。

こんな山のような阻塞《バリケード》に前を塞がれて。

……待てよ。

……これに似た状況があったじゃないか。行く手を塞がれた時が。

天守府に潜りこんだ時。

　ユンメルンゲンの部屋まで来たのに、機械仕掛《じか》けの扉が開く気配はなかった。あの時、自分はどうした？

「……アリス義姉《ねえ》さん、俺の後ろにいてくれ」

「クロくん？」

「無茶してみる」

　積み重なった鉄板と鉄パイプを前に、首元の星紋に無言で触れた。皇太子《ユンメルンゲン》の部屋の扉をこじ開けた時の、あの常人離れした膂力《りょりょく》を――

　初めて願う。

　この身に憑依《ひょうい》した星霊を、見て見ぬフリをしてきた自分が初めて願う。

　……力を貸してくれ。取引だっていい。

　……この場を脱出できる力をくれるなら、俺は一生だって星霊《おまえ》を受け入れる！

　星紋《クロスウエル》が一際《ひときわ》強く輝いた。

　自分の決意に応えるがごとく。

「どけえええええっっっっっっっっ！」

　全身全霊の力をこめた捨て身の突撃。

　山が弾《はじ》けた。

うずたかく積もった何百キロという質量の鉄くずが、クロスウェルの体当たりが触れた瞬間、千々の瓦礫《がれき》となって吹き飛んだのだ。

列車の衝突さながらに。

阻塞《バリケード》をまとめていた鉄条網がバラバラに千切れ、廃材とともに宙を舞う。

「……え？　こ、これクロくんが……⁉」

「…………はぁ……ぁ……ただの力任せの星霊って格好悪いな」

瓦礫の散乱した道を走りだす。

クロスウェルの不安は、四方八方に散らばった仲間たちだ。思い思いの手段で、経路で、彼らも帝都から抜けだそうとしているはず。

……俺たちは阻塞《バリケード》を突破できた。

……それは俺にたまたま、そういうのに適した星霊が憑依していたからだ。

そうでない者も大勢いる。

帝国上層部が発表した魔女名簿《ウィッチリスト》の中には、星霊が憑依したというだけで、星霊の力が使えない者も数多い。

アリスローズもそうだ。

何ら常人と変わらないからこそ、エヴや自分《クロスウェル》の助けがいる。

そこへ――

「阻塞《バリケード》が破壊された。一級警戒の魔女だ、発砲を許可する」

「星霊エネルギーの反応！　この右だ！」

狭い路地の後方で、けたたましい号令と足音がたて続けに聞こえてきた。

「クロくん、近づいてくるわ！」

「義姉さん走れ！」

アリスローズの手を取って十字路を右折。

だが帝国兵の気配が遠ざからないどころか、走れば走るほど近づいてくる。その事実に、頰を冷たいものが滴《したた》り落ちていった。

恐ろしく正確に追跡されている。

……こっちは迷路みたいな路地裏を進んでるんだぞ。

……なんで帝国兵《あいつら》は、俺たちの現在位置が手に取るようにわかるんだ。

星霊エネルギーの反応。

後方から何度か耳にした聞き慣れない言葉。

「まさか⁉」

首の星紋に手で触れる。

恐怖にも近い事実だ。既に帝国上層部は、星霊が発するエネルギーを感知する検知器を開発していた？

「アリス義姉さん、路地裏はだめだ。隠れてたって意味がない！」

「えっ⁉」

「熱感知器みたいなやつだ。帝国兵《あいつら》は星霊のエネルギーを感知してる。裏道を通っても見つかるなら、いっそ表通りを突っ切った方が早い！」

最速最短で帝都を脱出する。

先導するかたちで表通りに飛びだして……クロスウェルは、それが判断の誤りであったことを瞬時に察した。

見てはいけない光景《もの》があった。

帝国軍に連行されていく魔女《なかま》たち。

銃弾を受けて血を流す者、涙を流して絶叫する者。

だが被害は魔女《なかま》だけではない。倒れた魔女《なかま》のまわりには同じくらいの数の、血を流して倒れた帝国兵がいた。

——一方的な壊滅ではない。

——帝国軍と星霊汚染者は、どちらも等しく傷ついていた。

エヴを筆頭に、星霊汚染者の中には強力な星霊を宿した者が多数いる。

その星霊の力だろう。

アスファルトの路面が粉々に砕け、帝国軍の戦車が真っ二つに引き裂かれ、武装車であったものが原形を留《とど》めぬほどの力で折れ曲がっている。

勝者などない。

血を流して倒れた帝国兵と、その隣に倒れている魔女《なかま》たち。

「…………何だよこれは」

あまりに凄惨な光景に、もはやそれ以外の言葉が出てこなかった。

なぜ、こうなって、しまったのだ。

——星霊汚染者はただ平穏な地へ逃れたかった。

——帝国軍は、帝都に火を放った魔女と魔人を鎮圧するほかなかった。

悪人などいなかったはずなのだ。

誰もが一生懸命生きようとして行動し、誰も間違ったことなどしていないのに。

星霊汚染者も帝国軍も無差別に傷ついていく。

その中には――

大魔女と呼ばれた褐色の少女も含まれていた。

「エヴ姉さん！」

「っ！　アリス⁉」

表通りのはるか後方で、振り返ったのはエヴだった。煙と火の粉に炙《あぶ》られた煤《すす》だらけの顔。その頰にはナイフで切られたような傷があり、額からの出血が片目を覆ってしまっている。

「エヴ姉さん、その傷……！」

アリスローズの顔から血の気が引いた。

エヴの傷は銃弾の痕だろう。星霊の力で直撃こそ免《まぬが》れたが、かわしきれずに何発も肌を掠《かす》めていったのだ。

傷の中には、ナイフで抉《えぐ》ったように深い傷跡もある。

「姉さんやめて！　もう逃げましょう！」

「仲間を助けてからだ！」

満身創痍《そうい》としか言い様のない姉が、妹を見るなり叫んだ。

「お前もだアリス！　表通り《こっち》に出てくるんじゃねえ、さっさと帝都から逃げろ！」

「――――」

「アリス？」

姉の声を突っ切って。

自分《クロスウエル》の制止の手さえ振り払って、双子の妹は隠れるどころか大通りのど真ん中に向かって突如として走りだした。

銃を構えた帝国兵たちの前で、これでもかと両手を広げて。


「みんな、もうやめて！」


少女の嘆きが、燃え上がる帝都にこだました。

エヴもクロスウェルも止める間もなく、アリスローズが駆け寄ったのは瓦礫の前でうずくまっている母と娘の家族連れだった。

どちらも星霊汚染者で、ただただ安全な地に逃れたかっただけ。

そんな親子に対しても帝国兵は銃を突きつける。

「アリス義姉さん⁉」

「アリスよせ！」

「お願い、わたしたちは何もしてないです。この火事だって……！」

目を赤く腫らしたアリスローズが、帝国兵たちに必死に声を振り絞った。

銃を突きつけられた親子を庇《かば》うかたちで。

「わたしたち、この国を去ろうとしているだけです！　お願い、どうか話を聞いて。こんな争い誰も望んでないのに、どうし――」

一発の銃声。

帝都のいたるところで響く砲撃音と火の粉が爆《は》ぜる音に紛れたことで、その一発きりの音を聞き取れた者は皆無に等しかった。

エヴも自分《クロスウエル》もだ。

その銃声に気づくことなく、何が起きたのか理解する前に――

アリスローズが、肩から血を噴きだして倒れていった。

悲鳴などない。

うずくまる親子の目の前で、アリスローズの膝が折れ、無言のままに倒れていった。

「アリス義姉さん⁉」

無我夢中で地を蹴った。

……撃たれた。どこだ、肩か⁉　胸を狙ったのが逸《そ》れたのか！

……一発きりか⁉

頭の中が真っ白になっていく。

帝国兵の銃が、次は自分めがけて照準を合わせていることにも気づかなかった。倒れた義姉を抱き上げたところを狙っての発砲が――

So aves cal pile《来たれ天の杖》

ピキッ。

ひび割れた空間の向こう側へ。

自分と義姉《アリスローズ》と、背後の親子を狙った何十発もの弾丸が吸いこまれていった。

「……理解した」

声は頭上から。

帝都の空が、突如として雨雲で覆われたように暗くなり、太陽の日射《ひざ》しを遮る禍々《まがまが》しき黒の障気が渦巻いていく。

その渦の中心で。

褐色の大魔女が、虚《うつ》ろなまなざしで帝国軍を見下ろしていた。

「……この世界には英雄も救世主もいない。いるというのなら、なぜ私の家族が傷つかねばならない……逃げて……ただ傷つくくらいなら……」

黒の気流が収束。

エヴの右手に、拗《ねじ》くれた黒い杖《つえ》が形成されていく。

「私が帝国を滅ぼしてやる」

魔女とその魔法の杖。

黒い杖を手にしたエヴの姿は、まさしく数々の童話に現れる魔女のソレだった。

「私は魔女で、帝国兵《おまえたち》はその敵だ」

少女が杖を振り下ろした。

クロスウェルの目にそう映った瞬間、大気が悲鳴を上げた。

──空間破壊。

ビルが、風に吹かれた砂城のごとく消し飛んだ。

アスファルトの路面が砂のごとき粒子となって剝がれ飛ぶ。装甲車と戦車が木の葉のように宙を回転しながら空へと舞って彼方《かなた》へ吹き飛んでいく。

その破壊に音はなく。

気づいた時には――

帝都の街並みだったものが、瓦礫《がれき》だらけの荒野へと変わっていた。

「煩《うるさ》い」

再び杖で虚空《こくう》を薙《な》ぐ。

ミサイルの炸裂《さくれつ》をも凌駕《りょうが》する衝撃波が轟《とどろ》いて、続く援軍――戦車五台をまとめて地平線まで吹き飛ばした。

しん、と静まる表通り。

「――――」

空から見下ろすエヴ。

彼女の目には、アリほどに無力な帝国兵たちが息絶え絶えに倒れている姿が映っていることだろう。

――立場は逆転した。

大魔女ネビュリスが覚醒してしまったことで。

もはや帝国軍は狩る側ではない。魔女に狩られる獲物となったのだ。

「最初からこうすればよかった」

虚ろなまなざしで、エヴがぼそりと口にした。

「妹を傷つける帝国なんて消えればいい」

杖を構える。

荒野同然になったビル陰で、事の一部始終を目撃していた帝国兵の残存へ。

「て、撤退だ！　急げ！」

何十人という帝国兵が、銃さえ投げ捨てて逃げていく。

そんな地上めがけてエヴが三度杖を振り上げた。

「逃がすと思うか」

「……姉さん……やめ、て……」

クロスウェルの腕の中で。

真っ赤に染まった肩に手をあてる妹の、消え入りそうな声を確かに聞いた。

「もうやめて……こんなの……わたしは平気だから。もうやめて、姉さんも誰も、こんなので傷ついて……ほしくない、の……」

姉には届かない。

ビルの倒壊する轟音《ごうおん》。燃えさかる炎の爆ぜる気配。そのなかでアリスローズのか細い声が姉の耳に届くことなどあり得なかった。

「……姉……さん」

「エヴ義姉《ねえ》さんもういい！　もうやめろ！」

だから代わりに自分《クロスウェル》が叫んだ。

エヴの暴虐を前に、帝国軍は骨まで凍える恐怖を覚えたことだろう。

魔女たちが帝都に火を放った――何者かが流布《るふ》した嘘《うそ》のシナリオが、今、真実になってしまったのだ。

……エヴ義姉さんとの戦闘で帝国軍が壊滅寸前に追いやられた。

……ビルも倒れて、地面もぐちゃぐちゃだ。

もはや誤解だと言い逃れられない。

この破壊を見て、「魔女は怖くない」と誰が言えることだろう。魔女は危険極まりない怪物だと、帝国の住民の胸にそう刻まれてしまったのだ。

「もういい義姉さん！　炎も回ってきてる、脱出しないと！」

「―――」

自分《クロスウェル》の声さえ届いた気配がない。

大いなる皮肉。家族を傷つけられた激昂《げきこう》ゆえに、大魔女エヴは家族の声さえ届かぬほど

怒りで我を失いかけていた。

「消えろ帝国」

杖を大きく振りかぶる魔女。

走り逃げる帝国兵たちに向けて、天の杖を投げ下ろそうとした。その刹那、ビル陰から、小柄な影が飛びだした。

『お待ち』


大きめのレインコートを羽織った、小柄な誰かだった。

目深《まぶか》にかぶったフードのせいで面影もわからないが、この場で唯一、クロスウェルだけは思わず息を呑《の》んでいた。

家族の次に聞き覚えのある「話し相手」の声だったから。

「ユンメルンゲン⁉」

『やあクロ、互いになかなか上手《うま》くいかないものだね』

フードを取る。

その顔があらわになるや、アリスローズや背後の親子から悲鳴が漏れた。

──ヒトならざる獣人。

頭部から突き出た大きな耳。レインコートの下からも、よく見れば狐《きつね》のような毛並みの尾がはみ出している。

『お前は驚かないんだねぇエヴ。ま、怪物具合でいったら似たもの同士か』

「――――」

空から獣人を見下ろす大魔女。

この世界でもっとも強大な星霊を宿した二人が、初めて相まみえた瞬間だった。

『おっとエヴと呼ぶのは馴《な》れ馴れしいか。クロが呼んでいたからつい合わせてしまったけれど、ネビュリスと呼ぶべきだね』

「……お前」

『こんな姿でも皇太子だよ。星のへそで会ってるだろう？　あいにくメルンはお前の顔を覚えてないけれど、お前のことはクロからよく聞かされている』

獣人が空を見上げた。

エヴではなく、空を染め上げる無数の火の粉をじっと見つめて。

『帝都は間もなく焼け落ちる』

「だから何だ」

『この火を放ったのはお前の仕業《しわざ》じゃないんだろ？』

「だから何だ」

大魔女の答えは、無情なほどに冷ややかだった。

いま帝都を覆い包んでいる火は何者かの策謀だろう。だがエヴ自身も、今やこの都を滅ぼす気であることに変わりはない。

星霊汚染者を、妹を、傷つけた。

それが「帝国《なかま》」という国家の所業であるのは間違いないのだから。

『話があるんだよ』

ユンメルンゲンが大魔女を見上げる。

『お前たちを見逃す。帝国の外に行けるよう国境の警備も外すようメルンから指示を出す。だから帝都をこれ以上傷つけるのは勘弁してくれないか』

「……何だと」

『ご覧よ、もう帝都は焼け野原だ』

紅蓮《ぐれん》に染め上がった空の下で、黒く燃え上がるビル群。

もはや帝国兵と星霊汚染者の戦いどころではない。未曽有の大火災。今すぐ消火に転じなければ最悪の結末になるだろう。

『何万人もの民衆が家を失った。これ以上の被害はメルンも忍びがたい』

「よく言えたものだな！」

空に、魔女の咆吼《ほうこう》が響きわたった。

「何が帝国の民衆だ。私たちにあれほどの仕打ちをした張本人で、帝国軍に唆《そそのか》されるまま、私たちを迫害してきた者たちだ！」

「そう。それを止められなかったのはメルンの責任だ……このとおり」

レインコートが宙を舞う。

燃えさかる炎を背景に、銀色の獣人の身体《からだ》があらわになった。

おびただしい銃痕と、紫色の血に染まった毛皮の肉体が——

常人であれば即死だっただろう。

ヒトならざる肉体だったからこそかろうじて生きのびた。が、クロスウェルが注目したのは、それが弾痕であるということだ。

……銃を持った人間なんて警務隊か帝国兵くらいだ。

……まさか撃たれたのか!?

皇太子を狙う何者かがいた証《あかし》。

『この通りだよネビュリス。帝国をめちゃくちゃにしようとする者がいる』

上空の魔女へ。

血まみれの肉体をさらけだす、ユンメルンゲン。

『星霊汚染者への風当たりもそいつらの扇動だ。帝国軍も帝国議会もみんな欺《だま》されてきた。ただし確たる証拠がない』

「────」

『それにネビュリス、お前も気づいているだろう。お前の肉体に取り憑《つ》いた星霊が教えてくれているはずだ。ここで争う意味がない』

「なぜだ」

『真の災厄が星の中枢に残ってる』

しん、と静まりかえる。

自分《クロスウエル》もアリスローズもそう。

真の災厄という言葉の意味がわからない。

……ユンメルンゲン、何を言ってるんだ？

……俺にそんな話をしたこと、一度だってなかったじゃないか！

『悪いねクロ。本当はもっと落ちついた時に話したかった』

背中を向けたまま、ユンメルンゲン。

『でもネビュリス、お前だけは感じ取れているだろう？　メルンの話が嘘じゃないって。地上へ浮かび上がってきた星霊は、星の中枢から地上に逃げてきたんだと』

「――――」

『お前の力が必要なんだよ。お前の敵は帝国じゃない』

「言いたいことはそれだけか？」

さながら魔女の呪文のごとく。

空から降りそそぐ少女の声は、クロスウェルをして量りかねるほどの怒りと憎悪《ぞうお》に染まりきっていた。

「帝国民が誰かに扇動された？　それで罪の軽さが変わるものか！　私は、私の妹を傷つけた帝国兵と、私の仲間にさんざん唾と罵詈《ばり》雑言を吐きつけた帝国民が憎いんだ！　ユンメルンゲン、お前のいう災厄なんてどうでもいい！」

『だから滅ぼすと』

「滅ぼす！　私の家族と仲間を守るために！」

『…………残念だよネビュリス、お前はやっぱり心まで魔女なんだね』

獣の眼光。

ヒトならざる姿で、口の端《は》に鋭い牙を覗《のぞ》かせて。

『ならばメルンも、自分の国を守るためにお前を止めなきゃならないね』

「私を止める？」

『メルンの力はね。お前と差し違えてでもという条件なら、無理な話じゃないんだよ』

ひゅぅと荒《すさ》ぶ旋風。

帝都を呑みこむ炎がますます強まっているというのに、獣人と魔女の間に吹く風は、汗さえ凍らせるほどの冷気を帯びていた。

始まる。

いや、始まってしまう。

この世で最も強く星霊と融合した二人の、命さえ厭《いと》わぬ激突が。

……待てよ、冗談じゃない。

……エヴ義姉《ねえ》さんもユンメルンゲンも、本気でそれしかないのかよ！

戦って何になる！

思えば、二人が描いた未来は同じだったではないか。

帝国脱出計画がその最たる例だ。

誰よりも先に発案したのがユンメルンゲンで、自らは帝国に残るという決断の裏側で、自分《クロスウェル》にそれを勧めてくれた。

エヴも、大魔女と罵られながら帝国脱出計画を率いてきた。

……星霊汚染者《なかま》のために誰よりも尽くしてきた二人なんだぞ！

……何でここで啀《いが》みあわなきゃいけないんだ！

他に選択肢はないのか？

もっとも愛する家族か、もっとも気兼ねなく接していた友人か。自分にとってはどちらも失うわけにはいかないのだ。

ならばどうすれば止まるのか？

……ただ「やめろ」だの「落ちつけ」なんて言ったって意味が無い。

……この二人を止めるには、それに見合う動機がいる。

どうすればいい。

今この場で二人が戦わずに済む選択は――

「待ってくれ！」

炎が迫るなか、クロスウェルは全力で息を吐きだした。

「エヴ義姉さん、ユンメルンゲンもだ！」

だが。

獣人と魔女が素直に頷《うなず》くわけがない。

『ごめんよクロ、こればかりは退けないんだ』

「どいていろクロ。お前はアリスと一緒に早く帝都を出ろ」

「――――」

無言で歩を進めて。自分《クロスウエル》が立ち止まった先はユンメルンゲンの目の前だった。そこで初めて頭上のエヴへと振り返り、両手を広げた。

ユンメルンゲンを庇《かば》うかたちで。

「クロ⁉」

頭上のエヴが、目をみひらいた。

「何をしている⁉　どけクロ、私は、お前の後ろにいる奴《やつ》を排除する！」

「……考えたんだ」

頭上のエヴへ。

後方のアリスローズへ。

そしてすぐ真後ろで呆気《あっけ》にとられた表情のユンメルンゲンへ。

「俺は帝国に残る」

「っ⁉　クロ！」

エヴが表情を引き攣《つ》らせた。

この弟は何を言いだしたのかと思ったことだろう。だが、この一秒を争う戦場で自分が出せる結論はこれしかなかった。

「……クロくん……どういうこと⁉」

「悪いアリス義姉さん。一番大事な時に頼りにならない弟で」

弱々しいアリス義姉さんの視線から目を逸《そ》らす。

張りつめた表情のアリスローズの彼女を見返すのが辛《つら》かった。それほど自分にとっても苦しく、迷って、どうしようもない最後の最後の選択だった。

「でもこれしかないんだよ。……俺がこの場で思いつく精一杯なんだ」

妹から目を逸らして、頭上の姉へ。

「エヴ義姉さん。今すぐ仲間とアリス義姉さんを避難させてくれ。帝国の外に出た後も、みんなを守れるのは義姉さんしかいない」

「クロ、お前……⁉」

「俺はコイツを手伝うよ」

顔だけで振り向いた先には――

惚《ほう》けた表情でこちらを見つめてくる、銀髪の獣人がいた。

「義姉さんが暴れたって帝国じゃ誰も聞き入れやしない。帝国を内側から変えられるのはコイツしかいない。でもコイツはこんな姿《なり》で、天帝になったって人前には出られない。誰かがいてやらなきゃいけないんだ」

『……クロ……』

ユンメルンゲンの声に嗚咽《おえつ》が混じった。

ヒトならざる姿になった皇太子が、何かを言いかけようとして――

Ris sia sohia, Ahz cia r-teo, So Ez xiss clar lef mihas xel.《いま解き放つ。星の終わりの歌を聴け》

足の下の地の底の星の中枢より。

尋常ならざる極大の言霊《こえ》が星をふるわせた。と同時に、クロスウェルは目眩《めまい》にも似た異物感と寒気に襲われた。

一瞬、意識が飛びかけるほどの拒絶反応。

……寒気が止まらない。

……何だ、今の声は⁉　いま俺は何の声を聞いたんだ⁉

人間ではない。

地の底の底から轟《とどろ》いた言霊《こえ》に触れた途端、全身が金縛りにあったように動けなくなった。

それは自分《クロスウエル》だけではなかった。

『…………嫌っ、来るな！』

「ユンメルンゲン⁉」

銀色の獣人がその場にくずおれた。

息を荒らげ、その額に大粒の汗が浮かび始める。

『……どうだ……わかっただろうネビュリス……感じただろう。アレの言霊《こえ》を。これでも戦うべきは帝国か？』

「――――っ」

褐色の少女が落下した。

地面に膝をつき、ユンメルンゲンと同じく立ち上がることもできず息を荒らげている。

……俺だけじゃなかった。

……義姉さん、それにユンメルンゲンまで。

個人差がある。アリスローズと後ろの親子は「何が起きたの？」と言わんばかりに、慌てた様子で周りを見回しているだけだ。

「……黙れユンメルンゲン」

エヴが奥歯を噛《か》みしめた。

ふるえる膝を叱咤《しった》して立ち上がり、よろめきながら妹の方へと歩いて行く。

「お前を見逃すのはクロに免じてだ。……私の、帝国に対する恨みは何一つ晴れてない。帝国を変える？　できるものなら精々やってみろ……」

姉が、妹の背中に手で触れた。

「行くぞアリス。お前の肩の出血がひどい。手当てが最優先だ」

「……ま、待ってエヴ姉さん⁉　クロくんは……！」

「――――」

沈黙する姉。

その問いに応えるべきは――

「アリス義姉さん」

今度は目を逸らさない。

最愛の家族へ、クロは、とびきりの微笑で応じてみせた。

「ありがとう。ほんの半年間で、こんな終わり方した帝都暮らしだったけど、エヴ義姉さんとアリス義姉さんのおかげで楽しかった」

「……っ！」

「アリス義姉さん、肩の傷に気をつけて。安全な場所ですぐに手当てしてくれ」

「……クロくん！」

「どうか気をつけて」

俺は心配ないからと。

震えそうになる足を叱咤して、必死に最後まで見送るなか――

双子の姉妹が、消えていく。

エヴの星霊の力だろう。

虚空《こくう》にできた黒い渦のなかへ吸いこまれるように、最愛の家族だった姉妹は、帝都のどこからも消えていった。

「……さよなら義姉さんたち」

燃え上がる帝都で。

その場に残ったクロスウェルは、一人で唇を噛みしめた。

Memory.『灯《ともしび》⑥　―いつか過去を見られる未来を―』

帝都ハーケンヴェルツは、燃え落ちた。

都のいたるところに仕掛けられた爆弾が燃料に引火し、ビルも民家も呑《の》みこんで、炎が帝都を赤く染め上げる。

その一部始終を――

帝都を見下ろす丘で、クロスウェルは為《な》す術《すべ》なく見下ろすほかなかった。

「この火を放ったのは俺たちじゃない」

『知ってるよ。ネビュリスにもそう言っただろ』

声はすぐ隣から。

丘の草むらに寝転ぶユンメルンゲンが、ぶっきらぼうにそう言った。燃えさかる帝都を見たくないと。皇太子はずっと寝転んで常に空を見上げていた。

『これはメルンの新発見なんだけど、星霊が生みだした炎ってすぐ消えるんだよ。この炎はまだ燃え続けてる。魔女に見せかけて火を放った者がいる。……だけど無理だね。この火災も何もかもネビュリスの仕業《しわざ》になる』

大魔女ネビュリスが帝国軍を蹂躙《じゅうりん》した。

帝都の街並みを破壊したことも事実で、帝国兵や住民がそれを目撃してしまっている。

──魔女は怪物だ。

その印象が、これで決定づけられたことだろう。

「黒幕は？　お前も刺客に襲われたんだろ？」

『メルンを襲った刺客は何も吐かなかった。ただまあ予想はついてるよ』

「……誰なんだ」

『八大長老』

ユンメルンゲンから零《こぼ》れる溜息《ためいき》。

『こんな規模で仕掛けてくる権力者はそれしかいない。でもね……しょせん消去法だよ。悔しいけど確証がない』

草むらに寝転ぶユンメルンゲンが、ゆっくりと上半身を起き上がらせた。

額に手をあて、前髪をくしゃっと握りしめるようにして。

『……クロ』

零れた言葉には、沸きたつ怒りが滲《にじ》んでいた。

『もう待ってる時間はない。すぐにでもメルンは天帝に即位して帝国の命令権を一掃する。帝都を焼き払った奴《やつ》らを絶対に裁いてやる』

「証拠がないんだろ」

『見つけるんだよ』

ユンメルンゲンが立ち上がる。

身体《からだ》についた葉っぱをはたき落としながら。

『この星は今も新しい星霊が生まれてる。その星霊の中に、もしかしたら過去を見通せる星霊がいるかもしれない。それが人間に宿れば――』

「そんな都合いい人間が現れるか？」

『探すんだよ。時間なんて幾らかけてもいい。どうせ帝都の再興に時間がかかる。五十年、いや百年かけてもいい。大変だけど――』

ふぅと息を吐く。

この国の天帝となる皇太子が、ほんの少しだけ嬉《うれ》しそうに目を細めた。

『クロありがとう。お前がいてくれて嬉しい』

Memory.『灯《ともしび》⑦　―アリスの望んだもの―』

1

十年後の世界――

帝国領のはるか北に、星霊汚染者たちが築いた小国ができていた。

星霊汚染者たちはこの十年で星霊の力を制御する術を見いだし、自分たちを星霊使いと名乗った。

彼らを率いたのは大魔女ネビュリス。

ゆえに小国の名は、その名にちなんでネビュリス皇庁と名付けられたという。

――その全てが。

――クロスウェル・ゲート・ネビュリスにとっては、昨日の事のような一瞬だった。

十年間。

ネビュリス姉妹が小国を興《おこ》している間に、帝国では新たな都の建設が始まっていた。

帝都ユンメルンゲン。

新天帝の名にちなんだ都だが、その実態は開発ではなく復興だ。

大魔女ネビュリスの反旗によって火の海と化した帝都が、ユンメルンゲンの命によって耐熱素材のビルへと生まれ変わりつつある。

その街並みの一角で。

「おい聞いたか」

見張りの帝国兵たちの囁《ささや》きが、そこかしこから聞こえてきた。

「東海岸で新たな星脈噴出泉《ボルテックス》が生まれたらしい。西の中立都市でも発見された」

「日に日に魔女の数が増している。周辺諸国や帝国の同盟国でもだ」

「そいつらがネビュリス皇庁に移住する？」

「そうだ。魔女の国の人口が年々倍増しつつある。このまま膨れあがると、いつかとんでもない大国になるぞ」

言葉の端々にこもる警戒心。

星霊汚染者たちを追い出した国として、ネビュリス皇庁の強大化を恐れるのは至極当然の心境だろう。

「…………」

そんな帝国兵の集まりを横切って。

クロスウェルは、二振りの剣を傍《かたわ》らに、無言で大通りを進んでいた。

首には星霊エネルギーを封じるシール。

これが間違って剝がれでもすれば、星霊エネルギーが検出されてたちまち自分も帝国を追われる身になるだろう。

「――」

天守府へ。

十年前は秘密の抜け道を通って入ったビルだが、今は立場が違う。

使徒聖クロスウェル。天帝護衛という役柄を与えられた自分を見て、ゲート前の警備員が道を空けていく。

そして天帝の間へ。

畳が敷きつめられたそこに一歩入った途端、濃厚な藺草《いぐさ》の匂いが鼻を突いた。

「戻ったぞ」

部屋の主からの返事は、小さな小さな寝息だった。

『――』

畳の上に丸くなって転がる銀髪の獣人。

大きな耳と尻尾を隠そうともせず、子猫のように身体を丸めて寝入っている。この行為にも理由があるからこそ「起きろ」とは軽々しく言えないが。

「お前の暢気《のんき》な寝顔を見ていると、妙に腹が立つけどな」

『――――』

「なあユンメルンゲン。やっぱり難しいな。人の心にすり込まれた恐怖は、そう簡単に拭えない。十年かけてもだ」

この十年。

帝国人は今なお大魔女ネビュリスに恐怖し、その仲間である魔女たちを忌《い》み嫌《きら》っている。かつての帝都を灰にされたという体験を忘れられずにいる。

そしてそれを扇動する者たちも――

「八大長老。ああ、今は八大使徒だっけか」

帝国議会を牛耳る権力者たちも健在だ。

八人の賢者たちは、今なお帝国議会に強い影響力を及ぼし続けている。

天帝ユンメルンゲンは人前で顔を見せない。

家臣からの信頼を構築しきれないユンメルンゲンでは、帝国上層部を牛耳る八大使徒を完全に押さえつけるに至っていないのだ。

「それでもユンメルンゲン。俺は、この十年には意味があったと思う」

応えぬ天帝へ告げる。

自らが携えた一対の剣を、一瞬見やって。

「星剣だ。お前が求めていたものがようやく鍛え上がった。星の民さえこれを超える物はもう作れないらしい。これがあれば……」

一瞬言いよどむ。

その先を口にするか迷った一秒にも満たない空白に——

警報が、天帝の間に鳴り響いた。

「……っ。何だ?」

警報の発信源は天守府ではない。

そうであれば天帝の間に自動音声が流れるはず。となれば天守府の外。帝都のどこかで警報が鳴っているのだろう。

……嫌な音だ。

……もう二度と聞きたくないと思っていたのに。

人生で三度目の警報《サイレン》だ。

一度目は、「星のへそ」から星霊が噴きだした時の採掘場で。

二度目は、帝都が炎の海に包まれた時。

そして今回。

過去二つが壮絶すぎたからこそ、帝都に鳴り響く警報《サイレン》には嫌なものを予感させる。

「……出かけてくる。何も起きないでくれって心底思ってるけどな」

眠り続ける天帝に一言そう告げて。

クロスウェルは足早に、天帝の間を後にした。

2

既視感ならぬ既聴感。

そう。天守府で聴いた時から、うっすらと悪寒《おかん》に近いものを感じていた。

鳴り響く警報《サイレン》。

ドクン、ドクンと胸の鼓動が速まっていくなか外に出て、クロスウェルが見たものは、

空を焦がす勢いで噴き上がる黒煙だった。

——帝都が、燃えていた。

十年前の記憶が嫌でも蘇《よみがえ》る。

炎上しているのは一区画らしいが、ビル群の谷間から見え隠れする炎と黒煙を見上げて、あの魔女を思いださぬ者など皆無だろう。

「……まさか⁉」

考えにくい。

なぜなら「彼女」は十年前に帝国を脱出して、新たな国を建設したではないか。

今さら帝国を襲撃して何になるというのだ。

「……俺の勘は外れる。そうだと言ってくれ！」

大通りは、避難先を求めて逃げだす住民で埋めつくされていた。

十年前の心的外傷《トラウマ》。

帝都で燃え上がる炎は、否《いや》でも応でもあの大魔女ネビュリスを想起させたのだろう。

「くっ……どいてくれ！」

逃げだす住民と逆走する方へ。

燃え上がる炎をひたすら目指して、クロスウェルは人混みの間を駆けぬけた。その先で、
思わず声が裏返りかけた。

――木板のごとく軽々とひっくり返された帝国軍の戦車。

――武装した帝国兵たちが、ドミノ倒しのようになぎ倒されている。

――半壊したビル群。

十年前と同じだ。

帝国の街並みが破壊され、帝国軍がいとも容易《たやす》く蹂躙《じゅうりん》されたこの景観。

その頭上には。


黒の外套《がいとう》を羽織ったエヴ・ソフィ・ネビュリスがいた。


十年ぶりの再会となる。

そんな義姉エヴは、十年前とまるで変わらぬ小柄な少女のままだった。星霊との融合で、肉体に流れる時がほぼ完全に止まっているせいだろう。

「……嫌な予感なんて考えるもんじゃないな。よく当たる」

しんと静まる街並み。

帝国兵たちはなぎ倒され、民衆はすべて避難した。

「……久しぶりだなエヴ義姉《ねえ》さん」

二人だけの場で。

クロスウェルはかつての家族の名を呼んだ。

「クロ。髪が伸びたな」

褐色の少女が地に降りたった。

わずか数メートルの距離で向かい合って……そしてようやく気づいた。

真っ赤に腫れたエヴの目元。

十年ぶりに見た義姉は、大粒の涙を流した後のように赤く腫れあがっていた。その涙が乾ききらぬうちに粉塵《ふんじん》と黒煙が張りついて――

エヴは、黒い涙を流したような姿になっていた。

むろん気になる。

気になるが、まず問わねばならぬことが別にある。

「エヴ義姉さん、いったいどういうつもりなんだ」

周囲の破壊をあらためて眺める。

……ようやく帝都の復興が始まったんだ。

……帝国の住民もここからようやく心の傷が癒えていくはずだった。

全部台無しだ。

大魔女ネビュリスを帝国民が思いだすことで、再び帝国では魔女や魔人への迫害が強まってしまうことだろう。

「こんな国には二度と来ないんじゃなかったのか。アリス義姉さんと一緒に――――」

「妹《アリス》はもういない」

その言葉の意味が。

クロスウェルには何を意味しているのかわからなかった。

……アリス義姉さんがもういない？

……何を言ってるんだエヴ義姉さん。一緒に暮らしてるはずだろ。

姉妹で帝国を脱出して。

姉妹でネビュリス皇庁という小国を建設したはずだ。帝国に残った自分はその様子まではわからないが、初代ネビュリス女王も姉妹どちらかだろうと安心していた。

姉妹は仲良く過ごしているのだろうと。

ならば――

なぜ姉の目は真っ赤に腫れているのだ。

なぜ姉の目元には、大粒の涙を流した跡があるのだろうか。

「…………」

心臓がキュッと締めつけられた。

一瞬頭を過《よぎ》った最悪の予感。この三度目の警報で自分が感じとった真の悪寒は、エヴの襲撃などではなかった。

「…………嘘《うそ》だろ……」

「十年前、帝国兵に撃たれた傷だ」

姉が目元を拭った。

「女王に就いてからも妹《アリス》はずっとその傷に苦しんでいた。それが悪化した。私の星霊の力など笑えるくらい意味がなかった」

「…………っ」

言葉は出てこなかった。

あまりにも突然で、言葉でそう聞かされたとて感情《こころ》まで追いつくわけがない。

……だけど、そういうことか。

……だからエヴ義姉さんはやってきたのか。

最愛の妹を奪われた。

奪ったのは帝国の銃弾だ。だからその仇《かたき》のために帝国へ再び現れたのだ。

大魔女ネビュリスとして。

「もういいだろう、そこをどけ。クロ」

「……一つだけ教えてくれ」

帝都の街並みを睨《にら》みつける義姉へ、クロスウェルは静かに問いかけた。

「アリス義姉さんは、エヴ義姉さんに復讐《ふくしゅう》を望んでいたか？」

「……何？」

「違うんじゃないかって。俺は、何となくそんな気がしたんだよ。女王がアリス義姉さんだって聞かされた瞬間にさ」

ネビュリス皇庁の女王は、妹《アリスローズ》の方だった。

彼女が女王となってから今まで、帝国と皇庁の全面戦争はまだ起きていない。

……アリス義姉さんがその気なら戦争は起こせたはずなんだ。

……自分が帝国兵に撃たれたんだから。

だが起きなかった。

紛れもなくアリスローズ本人が止めたのだ。

「クロ」

怒りを押し殺した低い声。

「これは私の感情の問題だ。私が、私の意思で帝国に復讐する。その何が悪い」

「ああ。だから俺も俺の意思で頼む。時間が欲しい」

「……時間？」

「俺と天帝《ユンメルンゲン》が帝国を変える」

「クロ！　お前まだそんな夢に取り憑《つ》かれているのか！」

褐色の少女が叫んだ。

真っ赤に腫らした目をこれでもかとみひらいて。

「十年だぞ！　何一つ変わっていない！」

「そうだ。まだ足りないんだよ。憎しみが風化するのに十年は少なすぎたんだ」

星霊使いが、帝国の迫害を忘れるには時間が足りない。

帝国人が、大魔女の破壊を忘れるには時間が足りない。

「この十年で何も変わってないと義姉さんは言ったな。違う。この十年、俺とユンメルンゲンで必死に探してきたものがある」

何を、とは義姉は訊《たず》ねなかった。

戯言《たわごと》だろう。そう決めつけたに違いない。

「――もういい。どけ」

大魔女が無造作に手を振った。

巻き起こる星霊の風。横殴りに襲ってくる突風が、ぎりぎりまで自分のために手加減された術であることはすぐにわかった。


その風を、黒鋼色の剣が切り裂いた。


「っ⁉」

手を振り上げた姿勢のまま、大魔女エヴが凍りついたように動きを止めた。

ただ風を斬り裂いたのではない。

クロスウェルが黒の刃で薙《な》いだ瞬間に、星霊術そのものが消滅したのだ。

「……星霊に干渉した？　クロ、何だソレは」

「希望だ」

黒曜石のごとく光沢を放つ黒の刀身。

ただの鋼の刃でないことは、エヴならば即座に看破したことだろう。

「この十年は無為じゃない。俺とユンメルンゲンはまだ帝国を変えられてない。だけど、変えることができる希望を見つけたんだ。この星剣なら、星の中枢にいる災厄を倒すことができるかもしれない」

「っ?」

「災厄を倒すことで、地上の星霊すべてが星の中枢に戻っていく。これが何を意味するかわかるだろ義姉さん!」

伝わるはずなのだ。誰よりも強い星霊を宿したエヴだからこそ。

この星剣が、妹の願いを実現する希望になり得ると。

「そうなれば星霊使いに宿ってる星霊も——」

「やめろ!」

少女の叫び声が、無人のビル街にこだました。

「……なあクロ、私は……あたしは……アリスの姉《ねー》ちゃんなんだぞ!」

エヴの声に嗚咽《おえつ》が混じる。

妹を失って一生分の涙を流し尽くした目に、再びしずくが溜《た》まっていって。

「アリスが目の前で撃たれた時も。アリスがいなくなった現在《いま》も。そんな実現するかもわからない未来のために、あたしだけが我慢しろって言うのか!」

「──」

「星の中枢に元凶がいる？　そんなのあたしが幾らだって倒してやるさ。それでも帝国が先だ。帝国を滅ぼさないかぎりあたしは前に進めないんだよ！」

……ぽちゃん。

乾いたアスファルトに、しずくが落ちて小さく爆《は》ぜた。

「そこをどけクロ！」

「だめだ、どくわけにはいかないんだよ！」

この、わからずや！

心の底ではいつか起きるかもしれないと思っていた。片方が帝国に残り、片方が帝国を出た時からそんな予感はあった。いや覚悟していた。

星が引き裂いた運命の渦中《かちゅう》で。


最愛の姉弟は、激突した。


その戦いを見届ける前に──

シスベル・ルゥ・ネビュリス９世の「灯《ともしび》」は、そこで消えた。

Epilogue.1　『世界最後の魔女』

1

耳が痛くなるほどの静寂。

誰一人として言葉を発さない。誰もが無意識に息を押し殺したような緊迫感が、天守の地下ホールを包み込んでいた。

その静けさを破ったのは、床に膝をつくシスベルの吐息だった。

「……ぁ……っ……はぁ……ちょ、ちょっと休憩を……灯で追い続けるにしろ、これだけの連続再現は限度がありますわ……！」

胸元に手をあててシスベルが深呼吸。

その指先の間に輝く星紋が、シスベルの息と同調《シンクロ》するように激しく点灯している。

「お疲れ様。素晴らしい力でしたよシスベル王女」

肩にポンと手を乗せる璃洒《リシャ》。

「天帝陛下。続きは必要ですか？」

『いらない。メルンが見たかったものは十分見られた。もう大満足だよ』

豊かな毛に覆われた尻尾を動かす獣人。

その口元には、獰猛《どうもう》な獣の牙が見え隠れしていた。

『ああよかった。やっぱり八大使徒だったか。あの時の帝都に火を放ったのは。これで心置きなく奴《やつ》らを処断できる。——というわけだよ黒鋼の後継』

「っ」

無意識的にイスカは姿勢を正していた。

黒鋼の後継。

それが自分を指していることは知っているし、天帝や八大使徒からもそう呼ばれていることに自覚もあった。

が——

その意味を「重い」と感じたのは、この瞬間が初めてだ。

「……師匠は何一つ教えてくれませんでした」

『クロは百年でどんどん寡黙になっていったからね。本人曰《いわ》く「義姉《あね》と喧嘩《けんか》別《わか》れした」のがそれなりに堪《こた》えたんだってさ』

自分《イスカ》は何一つ知らなかった。

クロスウェルという師が星霊を宿していたこと。

あの始祖ネビュリスと姉弟関係でありながらも、帝国を守るために激突したことも。

……だけど繋《つな》がった。

……あの時の始祖は、だから僕の星剣を見て驚いていたのか。

中立都市エインの郊外で。

目覚めたばかりの始祖は、自分《イスカ》の星剣に並々ならぬ執着心を示していた。


〝懐かしい剣を手にしている〟

〝クロスウェル以外の男が使いこなせるわけがない。奴め、理解に苦しむな。星剣をどこの雑兵ともわからぬ者に託すとは〟


懐《なつ》かしいという言葉の意味――

それは「再戦」を意味していた。始祖ネビュリスにとって、星剣を手にした剣士と戦うのは二度目だったのだ。

ただし自分《イスカ》は、星剣の経緯をまだ知らない。

……師匠と始祖の会話だ。

……星の中枢にいる災厄を倒すことができるって。でも災厄ってそもそも何だ……？

それこそが希望だと師は言っていた。

アリスという少女の──

世界最初の魔女の一人で。始祖の双子の妹で。最後まで帝国との全面戦争を憂い続けた初代ネビュリス女王の願いを実現する希望。

それがこの星剣だと。

「……ああもうっ」

額に手をあてて、イスカは大きく息を吐きだした。

「なんであの師匠《ひと》は、いつも大事なことだけ言わないかなっ！」

「あのぉイスカ君……？」

ミスミス隊長がおずおずと口を開いた。

「シスベルさんの星霊術で登場したアリスローズっていう綺麗《きれい》な子……ネビュリス皇庁の初代女王なんだよね。アリスって呼ばれてたけど」

「……ええ。そうだと思います」

「アタシ、名前も姿もそっくりな王女《ひと》を知ってるんだけど、ただの偶ぜ──」

――――――――きゃっ⁉」

言葉が掻《か》き消えた。

轟《ごう》ッ！

足下から湧き上がる鳴動に、地下ホールの全員が一斉に身構えた。

凄《すさ》まじい縦揺れで天井の照明が激しく点滅。しかも爆発のような一時的なものではなく、数十秒と経過してまだ鎮《しず》まる気配がない。

「な、何ですの⁉」

床に四《よ》つん這《ば》いのシスベルが、たまらず叫ぶ。

「ま、まさか……こんな過去を見たものだから始祖様の襲撃が現実に⁉」

「それはできすぎだ」

天井を見上げるジン。

「始祖だろうが星霊部隊だろうが、攻めてくるなら地上だ。この揺れは地底からだ」

「で、ですがジン⁉　わたくしたちがいるのも地下二千メートルですよ。これより下に何があるというのです⁉」

『星のへそ』

天帝ユンメルンゲンの一声。

ほとんど独り言じみた声量でありながら、その一言は、轟《とどろ》く地鳴りより遥《はる》かに鋭くホールにこだました。

『見たはずだよシスベル王女。百年前、帝都じゃ地下五千メートルまでトンネルを掘って星霊エネルギーを採掘していたと』

「で、ですがそれは埋め立てられたのでしょう⁉」

『帝国議会でね』

「……えっ？」

『百年前に星のへそと呼ばれた大空洞には、現代、帝国議会っていう地下施設が置かれてるんだよ』

鎮まらぬ鳴動。

はるか地底から生まれる巨大な「力」を見下ろして、天帝ユンメルンゲンは針のごとく目を細めてみせた。

『八大使徒の巣窟《そうくつ》だけど、さて何が起きた？』

2

帝国議会。

別名「見えざる意思」。

その名称は、あらゆる地図に議事堂の場所が載っていないことに起因する。場所は上司から部下に口頭で知らされ、決して文面に表れることがない。

——地下五千メートルの帝国最深部。

かつて。

そこには「星のへそ」と呼ばれた地下採掘場があった。

その議会場の内部に、真っ赤な警告ランプが点灯していた。

史上例のない侵入者。

中央基地の昇降機《エレベーター》を経由することでしか、この帝国議会には到達できない。

そして「魔女」は——

帝国軍の中央基地から堂々と乗りこんできた。

『中央基地からの連絡が途絶えた』

『正面突破……いや、まさか壊滅したというのか……通信班さえ一人残らず?』

七台のモニターに映る男女の像。

先代天帝に仕えし八人の賢者たち。否、正確にはその電脳体だ。

百年前に星霊エネルギーを追い求め、現在は、星霊を超えるものの力を追い求めて星の中枢を目指そうとする賢者たち。

ルクレデウスを失って今は七人となってしまったが。

『信じられん……』

『君がやったのかね。イリーティア君』

あはっ。

響きわたる嬌笑《きょうしょう》。

女神のように優しく愛らしく、悪魔のように蠱惑《こわく》的な魔女の声が伝わってきた。

「あはっ……あははっ……最高の気分」

翡翠《エメラルド》色の髪の魔女が、議会場の天井から降りてくる。

鋼鉄の壁をすり抜けて。

まるで幽霊のように。人間の肉体では不可能な現象を当たり前のように実現させながら、女神のごとき美貌の魔女が降りたった。

八大使徒の目の前へ。

黒染めのウェディングドレスに身を包んだ魔女《イリーティア》。

ネビュリス皇庁の衣装ではない。

喩《たと》えるなら、真っ黒い霧を凝縮させたような黒染めの衣装。

肌の半分以上があらわな肉感的なデザインながら、それから感じるものは背筋が冷たくなるほどの虚無感だった。

『衣装を替えたのかね』

「はい。この方が魔女らしいと思って」

頰を赤らめながら頷《うなず》く魔女《イリーティア》。

異様なまでに高揚した口ぶりと、蕩《とろ》けるようなまなざしで。

「ふふっ。あはは……ごめんなさいね八大使徒の皆さま。あなたたちが求めていた災厄《アレ》は、私の身体《からだ》が好みだったみたいですわ」

『イリーティア君。いや被検体E。ケルヴィナが恐れていた通り。星の中枢に眠るアレの力と適応する素養が君にはあった』

『君は、この星で究極の力を手にしたわけだ』

一握りの者だけが知る真実。

――星の中枢には、星霊を超える力の災厄が眠っている。

八大使徒はソレに焦がれていた。

天帝と始祖は百年前にソレに触れたが、適応しきれなかった。だから一人は姿が変貌し、一人は自我を失いかけたのだ。

『かつて君はこう言ったね。もしもアレの力を手にしたならば、真の魔女になりたいと。究極で絶対で唯一で、世界最後の魔女になりたいと』

「はい」

『皇庁《くに》を変革したいと言ったね。生まれながらの星霊の価値でヒトの価値が決まる皇庁を、真に平等な星霊使いの楽園にしたいと』

「はい。だから手始めに――」

魔女が両手を広げた。

豊満な胸をさらけだすように身を反らせ、興奮を隠しきれない口ぶりで。

「八大使徒《あなたたち》はもう邪魔《いらない》」

『――』

『……今なんと？』

「あらわかっていたくせに」

クスクスと笑う魔女。

「私が完全にアレと同化してしまったら、もう八大使徒《あなたたち》も歯が立たない。だからそうなる前にケルヴィナに命じて私を処分しようとした。さらに奥の手として私の妹《シスベル》を捕らえて人質にしたのでしょう？　そうすれば私が手を出せないって」

二重三重の策が、失敗に終わったのだ。

ケルヴィナの研究所からイリーティアは逃亡した。

同じく研究所に閉じこめていたシスベルも、第九〇七部隊によって救出された。

「もちろん約束は守りますわ。天帝も始祖も帝国も皇庁も、みーんな私が壊してしまう。とても綺麗に創り直してあげますから」

妖艶《ようえん》な唇から紡《つむ》がれる、破滅の言葉。

「おやすみなさい、愚かな力の求道者《ぐどうしゃ》たち」

Epilogue.2　『世界最初の姉弟』

帝国領、国境検問所《チェックポイント》。

入国する車が何十台と列をなして検査場の前に停車している。

帝国と外とを隔てる関所。ここには帝国軍も常駐し、星霊エネルギーの大型検出器がいたるところに取り付けられている。

その検出器が――

過去例のない大音響で、強大な魔女の接近を報《しら》せ続けていた。

何十秒も。何分も。

しかし駆けつけるはずの帝国兵は、一人として現れる気配がない。

「……撤退したか。最良の判断だな」

炎に包まれた保安検査場。

ぼろぼろと壁面が崩れて崩壊していく施設を見上げて、そう呟《つぶや》く黒服の男がいた。

黒鋼《くろがね》の剣奴《けんど》クロスウェル。

かつての使徒聖第一席で、イスカの師で、星剣所持者だった男。彼が歩いて行く先には、直径何十メートルという陥没ができていた。

「……目覚めたては機嫌が悪い。百年経《た》っても変わらないな」

ミサイルの直撃さながらの破壊痕。

たった一人の魔女が放った「挨拶がわり」の星霊術。このとてつもない威力を前にして、常駐していた帝国軍は撤退を余儀なくされた。

そして正解だ。

あり合わせの武器と人員で立ち向かったところで、どうせ彼女には敵《かな》わない。

「世界一凶暴で強情な女だからな。俺だって本当は会いたくない。俺の身だって万全には程遠い。そうでなくとも——……っ！」

目をみひらいた。

ドクン。

骨の髄から燃え上がるような熱と疼《うず》きに、イスカの師クロスウェルはその場で奥歯を噛《か》みしめた。

「っ、ちっ……これだから……」

拒絶反応の頻度が高まりつつある。

この身に宿る星霊が、星の中枢で目覚めつつあるアレに怯《おび》えているから。ユンメルンゲンはそう言っていた。

「……八大使徒……」

帝国を水面下で牛耳る最高権力者たちへ。

「お前たちは、この俺の有様《ありさま》を見て、まだアレが素晴らしい力だとでもいう気か……」

百年前のこと。

星のへそから噴きだしたモノは二つあった。

一つが星霊。

もう一つが星の中枢に巣くう災厄。これこそ八大使徒が追い求める「星霊を超える星霊」にほかならないが。

「この俺を見て……まだあの災厄が理想の力だなどという気か……？」

御せるものではないのだ。

天帝ユンメルンゲンが変貌したのも、あの災厄の力に触れて適応しきれなかった結果の拒絶反応。それがわかったのは自分が星剣を見つけてからのことだ。

すべての星霊使いは――

星の中枢にいる「大星災」に抗《あらが》えない。

自分とて例外ではない。

星剣があったとしても、その星剣を握るのが自分のままでは勝てないと知った。

だから――


星の災厄に挑むための、星霊使いではない人間を見つけたかった。

自分《クロスウェル》は探し続けてきた。

義姉アリスローズと死別して、義姉エヴと喧嘩《けんかわか》別れしてからずっと。

「イスカ」

あの馬鹿弟子は。

自分が言った言葉を今も覚えているだろうか。


〝イスカ、お前は俺が選んだ候補の中で最後に連れてきた。正直に言おう、お前が……〟

〝は、はい！〟

〝お前が一番見込みがなかった〟

〝正直にも程がある!?〟

〝お前が、俺に一番似ていた。だから一番見込みがないと思っていた〟

だが途中で思い直した。

自分の後継者を選ぶとして、誰を選べば義姉アリスローズが一番喜んでくれるだろう。

そう思った時に浮かんだのがイスカしかいなかった。

後継者に求める才能は「頭が悪い」こと。

たとえば――

帝国と皇庁の和平が実現できると本気で信じ込めるほどの、底なしの楽天家で。

たとえば――

帝国人でありながら、監獄に囚《とら》われた魔女を見かねて脱獄させるほどの平和惚《ぼ》けで。

〝みんな、もうやめて！〟

〝どうか話を聞いて。こんな争い誰も望んでないのに！〟

百年前。

あの戦場にイスカという帝国兵がいたら、未来は変わっていただろうか。銃を向けるのではなく、手を差し伸べていたかもしれない。

だから選んだ。

……笑えるだろアリス義姉《ねえ》さん。

……こんな奴《やつ》がまだ帝国に残ってる。こいつならアリス義姉さんも安心だろ？

賭けたくなったのだ。

この帝国人に星剣を託してみたいと。

「忘れるなよイスカ。お前の敵は星霊使いではない、皇庁という巨大国家でもない。お前が真に挑むべき相手は――――」

星剣でなければ倒せないものがいる。

この星の中枢に。

「だから、こっちは俺の役目だ」

空を見上げる。

吸いこまれそうなほど深い蒼穹《そうきゅう》に、ぽつんと浮かぶ黒い影。

それは褐色の少女だった。

「――――」

始祖ネビュリス。

豊かな金髪を風になびかせて、かつて喧嘩別れした義姉がこちらを見下ろしていた。

「クロ、老《ふ》けたな」

「大人びたと言ってくれ」

百年という時。

星霊と完全融合したエヴは、少女のまま。

星霊との融合が弱いクロスウェルは、ゆっくりと肉体が時を刻みつつある。

「……クロ。また、あの時のつもりか」

剣呑《けんのん》なまなざしで、怒りを孕《はら》んだ声の始祖。

「私の邪魔をする気か」

「世間話に付き合ってくれ」

「…………なに？」

眉をつりあげる義姉を見つめ返す。

十分すぎるほどの余韻を隔てて、クロスウェルは言葉を続けた。

「久方ぶりに話をしよう義姉さん。誰の邪魔もない姉弟だけの話を」

あとがき

〝……あたしは不出来な姉《ねー》ちゃんだ〟

『キミと僕《ぼく》の最後《さいご》の戦場《せんじょう》、あるいは世界《せかい》が始《はじ》まる聖戦《せいせん》』(キミ戦)、第11巻をご覧頂きありがとうございます！

遂《つい》に、シスベルの「灯《ともしび》」の本領発揮回です。

今まで太陽《ヒュドラ》に捕まったり帝国の研究所で人質になったりと不幸待遇のシスベルでしたが、裏を返すと、それだけ各方面から恐れられてきた少女なのかなと。

そんな灯の再演で――

主人公は、この巻に限ってイスカではありません。では誰なのかというと……それは、この巻を読んでくださった方々の印象次第だとも思います。

天帝が言うように、百年前《このものがたり》は決別《バッドエンド》です。

その決別《バッドエンド》が決別《バッドエンド》のまま終わらぬよう、選んだ道こそ違えど懸命に足掻《あが》いてきた少年少女がいたからこそ、現代の『キミ戦』にバトンが託されたのかなと。

物語もいよいよ後半戦です。

百年前と現在の彼ら、彼女たちの進む道行きを、どうか見守ってください！

▼TVアニメ『キミ戦』のこと
アニメ放送、いかがでしたでしょうか。

細音にとっても初のアニメ化で、何もかもが最高の三か月でした。

アニメに携わって頂いたすべての方々、アニメをご覧のすべての皆さまに、この場を借りてお礼を申し上げます。ありがとうございます！

そしてアニメBD／DVDも全3巻で好評発売中です！

特典の書き下ろしも力を入れていて――たとえばBD／DVD1巻の「禁章・始祖《エヴ》」は、始祖《エヴ》がイスカ&アリスと戦った時のことを「始祖《エヴ》視点で」描いたお話で、この11巻の後だとさらに読み応えのある物語になるよう書き上げたつもりです。

始祖と呼ばれるようになったエヴの心の奥の葛藤《こえ》――

よければ覗《のぞ》いてみてください。

もちろん、2021年の『キミ戦』もさらに全力で進んでいきます！

さて、ここで一つお知らせを——

今年『キミ戦』と一緒にぜひ読んで頂きたい新シリーズがありますので、ご紹介させてください！

▼MF文庫J『神は遊戯《ゲーム》に飢えている。』、続巻決定！
人類vs神々のファンタジー頭脳戦。

人類側の勝利条件は「神々に頭脳戦《ゲーム》で十勝すること」。有史以来、完全攻略者いまだ○《ゼロ》。

そんな不可能に挑む少年の物語——

その第2巻が5月25日（火）、刊行です！

実は『キミ戦』11巻発売日の翌週です。さらに『キミ戦』11巻と『神は遊戯《ゲーム》に飢えている。』2巻を両方買うと、今回だけの特別書きおろし掌編がつくコラボも実施決定です！

詳しくは『キミ戦』11巻の帯をご覧くださいね。

まだ未読の方も、この機にぜひ一緒に読んで頂けたら嬉《うれ》しいです！


というわけで、あとがきも終盤です。

極上の天帝を描いて下さった猫鍋蒼《ねこなべあお》先生、ありがとうございます！

そして担当のO様とS様。アニメ放送、そして小説原作でも日々お世話になっています。

この先の『キミ戦』もお力添えのほどよろしくお願いいたします！


次回、『キミ戦』12巻。

帝国が、皇庁が、始祖が、師が、天帝が。あらゆる力と理想が渦巻く戦場で、イスカとアリスは再び出会う。そこで二人が見たものは——


それでは——

5月25日、MF文庫J『神は遊戯《ゲーム》に飢えている。』2巻（もうすぐです！）。

秋頃、『キミ戦』12巻。

こちらで、またお会いできますように。

春の暖かい日に　細音啓《さざねけい》

※最後にファンレターのお礼を
昨年お手紙を下さったMさん——『キミ戦』『世界録《アンコール》』『ワールドエネミー』『なぜ僕』のご感想と、入浴剤や蒸気アイマスクなどの贈り物、ありがとうございます！

頂いたお手紙にお返事用の宛先が見当たらず……昨年お返事が送れなくて恐縮ですが、Mさんから頂いたグッズ、今も大切に使わせて頂いています！

次回予告

ねえアリス。
あなたに、あなたを守ってくれる騎士はいるかしら？
帝国が、皇庁が、天帝が、八大使徒が——
使徒聖が、帝国軍が、星霊部隊が、ゾア家が、ヒュドラ家が
あらゆる力が渦巻く戦場に、魔女の嬌笑がこだまする。
イスカとアリスが再び戦場で出会う時、
星の中枢で眠るモノが目を覚ます。

至高の魔女と最強の剣士の舞踏、第12幕

交換ですイスカ。私の棘を差し上げますから——

キミと僕の最後の戦場、
あるいは世界が始まる聖戦 12

2021年秋発売予定

富士見ファンタジア文庫

キミと僕《ぼく》の最後《さいご》の戦場《せんじよう》、
あるいは世界《せかい》が始《はじ》まる聖戦《せいせん》11

令和3年5月20日　初版発行

著者――細音《さざね》　啓《けい》

発行者――青柳昌行

発　行――株式会社KADOKAWA
〒102-8177
東京都千代田区富士見2-13-3
0570-002-301（ナビダイヤル）

印刷所――株式会社暁印刷

製本所――株式会社ビルディング・ブックセンター

※定価はカバーに表示してあります。
●お問い合わせ
https://www.kadokawa.co.jp/（「お問い合わせ」へお進みください）
※内容によっては、お答えできない場合があります。
※サポートは日本国内のみとさせていただきます。
※Japanese text only

ISBN978-4-04-074077-5 C0193　◇◇◇

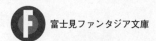

理不尽過ぎる神々に知略で挑む
超スケール！
ゲーム系頭脳バトル！
最新作

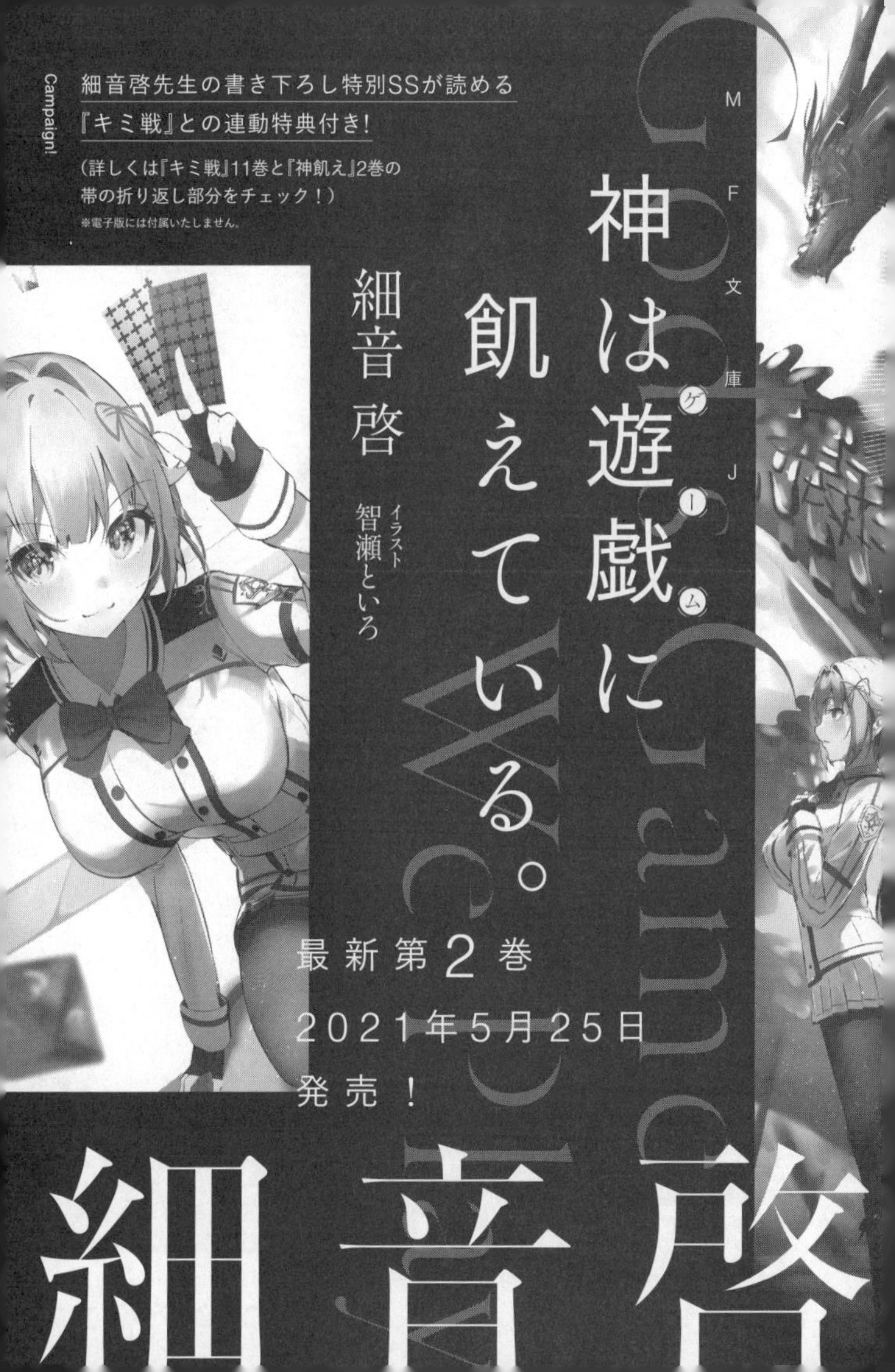
Campaign!
細音啓先生の書き下ろし特別SSが読める
『キミ戦』との連動特典付き!
（詳しくは『キミ戦』11巻と『神飢え』2巻の
帯の折り返し部分をチェック！）
※電子版には付属いたしません。
MF文庫J
神は遊戯《ゲーム》に飢えている。
細音啓
イラスト 智瀬といろ
最新第2巻
2021年5月25日
発売！
細音啓

騙しあい。

各国がスパイによる戦争を繰り広げる世界。任務成功率100%、しかし性格に難ありの凄腕スパイ・クラウスは、死亡率九割を超える任務に、何故か未熟な7人の少女たちを招集するのだが——。

シリーズ
好評発売中！

ファンタジア文庫

切り拓け！キミだけの王道
ファンタジア大賞
原稿募集中！
賞金
《大賞》300万円
《金賞》50万円
《銀賞》30万円
選考委員
細音啓「キミと僕の最後の戦場、あるいは世界が始まる聖戦」
橘公司「デート・ア・ライブ」
羊太郎「ロクでなし魔術講師と禁忌教典《アカシックレコード》」
ファンタジア文庫編集長
前期締切 8月末日
後期締切 2月末日
公式サイトはこちら！ https://www.fantasiataisho.com/
イラスト／つなこ、猫鍋蒼、三嶋くろね